主编 凌翔　　　　　　　　当代作家精品·散文卷

唐 诗 写 意

海叶 著

中国民族文化出版社
北京

图书在版编目（CIP）数据

唐诗写意/海叶著. — 北京：中国民族文化出版社有限公司，2022.8
ISBN 978-7-5122-1596-2

Ⅰ.①唐…　Ⅱ.①海…　Ⅲ.①散文诗—诗集—中国—当代　Ⅳ.①I227.6

中国版本图书馆CIP数据核字（2022）第122923号

唐诗写意

TANG SHI XIE YI

作　　者：海　叶
责任编辑：张　宇
责任校对：李文学
出 版 者：中国民族文化出版社　地址：北京东城区和平里北街14号
　　　　　邮编：100013　联系电话：010-84250639　64211754（传真）
印　　装：三河市金元印装有限公司
开　　本：889mm×1194mm　16开
印　　张：13.75
字　　数：120千
版　　次：2022年11月第1版第1次印刷
标准书号：ISBN 978-7-5122-1596-2
定　　价：49.80元

版权所有　侵权必究

目 录

第一辑　春潮带雨　　　　　　　　　/001
　　　　春与清溪长　　　　　　　　/002
　　　　风暖鸟声碎　　　　　　　　/004
　　　　江春入旧年　　　　　　　　/006
　　　　谁言寸草心　　　　　　　　/008
　　　　江火似流萤　　　　　　　　/010
　　　　昨别今已春　　　　　　　　/012
　　　　草木有本心　　　　　　　　/014
　　　　春流绕蜀城　　　　　　　　/016
　　　　春潮带雨晚来急　　　　　　/018
　　　　满月和风宜夜行　　　　　　/020
　　　　二月江南花满枝　　　　　　/022
　　　　龙池柳色雨中深　　　　　　/024
　　　　辛夷花尽杏花飞　　　　　　/026
　　　　春风不度玉门关　　　　　　/028
　　　　无情最是台城柳　　　　　　/030
　　　　西出阳关无故人　　　　　　/032
　　　　终古垂杨有暮鸦　　　　　　/034
　　　　蓬门今始为君开　　　　　　/036

愿随春风寄燕然		/038
万树桃花映小楼		/040
阳春一曲和皆难		/042

第二辑　夏莺千啭　　/045

空山不见人	/046
相见语依依	/048
恨无知音赏	/050
我心素已闲	/052
茅亭宿花影	/054
曲尽河星稀	/056
潇湘何事等闲回	/058
隔水青山似故乡	/060
一骑红尘妃子笑	/062
夏莺千啭弄蔷薇	/064
山中习静观朝槿	/066
欸乃一声山水绿	/068
碧玉盘中弄水晶	/070
清光似照水晶宫	/072
别有天地非人间	/074
溪上玉楼楼上月	/076

目录

第三辑 秋月玲珑 /079

- 玲珑望秋月 /080
- 江清月近人 /082
- 八月洞庭秋 /084
- 青枫霜叶稀 /086
- 蝉休露满枝 /088
- 白日落梁州 /090
- 秋山又几重 /092
- 余响入霜钟 /094
- 隔水问樵夫 /096
- 把酒话桑麻 /098
- 投诗赠汨罗 /100
- 水寒风似刀 /102
- 天涯共此时 /104
- 大漠孤烟直 /106
- 只是有丹枫 /108
- 闲倚一枝藤 /110
- 清歌一曲月如霜 /112
- 飞鸟不知陵谷变 /114
- 隔江犹唱后庭花 /116
- 不问苍生问鬼神 /118
- 落花时节又逢君 /120

一片冰心在玉壶 /122
潮落夜江斜月里 /124
黄鹤一去不复返 /126
桂魄初生秋露微 /128

第四辑 寒梅著花 /131

君自故乡来 /132
能饮一杯无 /134
欲将轻骑逐 /136
天寒梦泽深 /138
江柳共风烟 /140
思归多苦颜 /142
沧江好烟月 /144
静听松风寒 /146
宫花寂寞红 /148
空知返旧林 /150
寒林空见日斜时 /152
一夜征人尽望乡 /154
榆柳萧疏楼阁闲 /156
麻衣如雪一枝梅 /158
横笛闻声不见人 /160
凤去台空江自流 /162

第五辑 曲径通幽　　　　　　　　/165

　　山光悦鸟性　　　　　　　　/166
　　近乡情更怯　　　　　　　　/168
　　河流入断山　　　　　　　　/170
　　或恐是同乡　　　　　　　　/172
　　鸟度屏风里　　　　　　　　/174
　　天地英雄气　　　　　　　　/176
　　羁泊欲穷年　　　　　　　　/178
　　斯人独憔悴　　　　　　　　/180
　　聊当携手行　　　　　　　　/182
　　坐看云起时　　　　　　　　/184
　　天地一沙鸥　　　　　　　　/186
　　溪水无情似有情　　　　　　/188
　　蜡烛有心还惜别　　　　　　/190
　　乌衣巷口夕阳斜　　　　　　/192
　　葡萄美酒夜光杯　　　　　　/194
　　更隔蓬山一万重　　　　　　/196
　　怅望千秋一洒泪　　　　　　/198
　　细草沾衣春殿寒　　　　　　/200
　　竹深松老半含烟　　　　　　/202
　　几许欢情与离恨　　　　　　/204
　　风摇珠珮连云清　　　　　　/206
　　乡音无改鬓毛衰　　　　　　/208

第一辑 春潮带雨

春潮带雨晚来急
野渡无人舟自横

——韦应物

春与清溪长

道由白云尽,春与清溪长。

时有落花至,远随流水香。

闲门向山路,深柳读书堂。

幽映每白日,清辉照衣裳。

——刘眘虚《阙题》

春暖花开，春色绵长。

美景如诉，好似在呢喃着情话。

暮春时节，景致与溪流一道，在白云的深处，总能轻易发现可以放慢的节奏，可以倾听静心的天籁之音。

尘世之境，早被山岚置身世外。白云在闲荡游走，溪流在山涧清朗叮咚，云雀在亮翅飞翔，好一幅迷人的画卷。

活泼清爽的水，或急或缓地奔走相告，那关于深山与源头的故事。

落花伴流水，更显静美。此刻，一朵野花，就是一脉清亮的温情。

一阵若有若无的花香，匿卧在溪涧不可见不可触，却清晰传递了隐世的幽趣。

越行越远越清明。茂林修竹深处，平仄着高高低低的脚步，回荡着碎碎零零的声响，连晃晃悠悠的日光，也悄然将欣喜与安宁尽收心怀。

我渴望像一尾飞燕，翔掠叶脉与根茎构筑的天然时空。

山路，从门前蜿蜒而过，别墅似野宅，读书堂在垂柳掩映下，清幽着一山的神秘。

柳影之下，一切不可言喻，固然也不可言喻。

逍遥在山深林密中，从此不渴盼登高堂入豪门，这份静谧让人心安。

虽然是白天，但散落在衣裳上那片清幽的光亮，还是将专志求读的身影，定格在清溪一般的眼眸里。

风暖鸟声碎

早被婵娟误，欲妆临镜慵。

承恩不在貌，教妾若为容。

风暖鸟声碎，日高花影重。

年年越溪女，相忆采芙蓉。

——杜荀鹤《春宫怨》

欲妆又罢。临镜不为妆容。

早年的颜面，若桃红。而得宠的缘由，却不是因了这脸庞。

此刻，对着这面圆圆的铜镜，卑微的宫妾该如何拾起那些属于春闺的姿色？

年少不知，深宫孤寂，满目苍华，无处可语。身影孤单，颜色清丽，整日整日的孤苦寂寥，只有黑暗处，才能泪滴凉夜。

俏丽的花木如秀女一般，蒙恩受幸居于皇墙之内，日日锁宫秋。到底为取悦谁呢，叫我修饰梳妆忙秀眉？

在欲妆又罢的一刻，透过帘栊，暖风送来了动听的鸟鸣声。游目窗外，庭院花影重重，正逢暖阳高照，春风欲度，鸟声轻碎，青衣飘飘。临镜的宫女怨忧之际，无意中又发现了自然界的春天，心中无春的寂寞空虚之感多么疼痛难消！

每当这个佳木茂盛的时刻，清苦与愁寂最是伤神。

女子多情。晴空与春色织就一袭清漪，织就一帘幽梦。

而目之所及，总是轻易让人见到那年那月那时的欢乐时光。

年年在越溪浣纱的女伴们，她们此刻还在一起欢笑么？命运，转身就成了现实。我的姐妹，如今又遇着怎样的人？

家乡的水想必依然那般清澈甘甜，荷叶罗裙一色裁成，映着芙蓉般的脸庞，溪水潺潺，笑语连连……

而今，身不由己的宫妾只能凭空想念，隐匿伤痛，隐匿怨幽，再无声啜泣……

江春入旧年

客路青山外,行舟绿水前。

潮平两岸阔,风正一帆悬。

海日生残夜,江春入旧年。

乡书何处达,归雁洛阳边。

——王湾《次北固山下》

在他乡，念家乡。

迢迢的客路还在北固山下，绵延青山之外，那是我归乡的旅程呵！

碧绿清江，春潮涨涌，江岸与水面齐平，视野一片开阔。人在归途，渴盼回到温暖的即便是破败的蓬草小屋。

那里，始终有一盏烛灯，守候着不变的诺言，即便沧海桑田，即便海枯石烂。

和风轻拂，扬起的风帆一路劈风斩浪，家园的消息一点点亲近。浩渺的江波，急迫的归乡心绪，甚过疾行的风帆，早已抵达思念的杯口。

残夜还未消尽，东方海天相交处，急切的红日正奋力挺出。破晓之时，夜色也无处隐藏。黯淡已褪尽，明媚的日子在时序的交替中来临。

黎明，已握在手心。却没有人告知，江南的春意在萌动。

一叶孤舟，衬托着汪洋旷淼。江水不停地拍打着船身，溅起的水花，愉悦着、欢腾着，显露出盎然的春意。

江面行舟，多少感慨越过旧年的心扉。新的景象已悄然落户，击溃了剩余的寒意。

鸿雁北望，请将我的那封家书，快点送达我魂牵梦绕的故乡洛阳吧！别忘了替我问候家中的老母和亲友。

江水长流，此情一定可待。

谁言寸草心

慈母手中线，游子身上衣。

临行密密缝，意恐迟迟归。

谁言寸草心，报得三春晖。

——孟郊《游子吟》

"春风啊春风,你把我吹绿;阳光啊阳光,你把我照耀。"这是大地母亲对子民最深情的表白,最无私的奉献。

爱,就是平和与温暖,像深夜为我缝补衣裳的母亲一样平凡伟大。在游子的静思中,再漫长的黑夜也无所惧。

窗外,夜的帷幕缓缓拉开了这个小小的村庄。简陋而干净的屋子,一盏昏暗的油灯在补衣针的穿梭里,亮了又暗,暗了又亮……

温暖,顿时洒满了陋室。微弱的灯光下,母亲再次颤颤巍巍地瞄准了针眼,一次又一次、一次又一次将牵挂穿越心尖。

那是一根细长的线,串起了一个又一个艰辛的日子,让漂泊在外的游子,不禁瞬间濡湿了双眼。

每一针,都饱含深情;每一线,都缀满叮嘱。母亲满头的银发,已被岁月的风雨侵蚀,憔悴的面庞上也是泪光盈盈。

而每次临行前,母亲都会捧着刚缝制的衣服在我身上比试,满意了才让我试穿。呆呆地看着母亲亲手扣起衣扣,我颤抖着双肩,害怕再次的离别,也害怕再次远去。

母亲哽咽着,用颤抖的手轻轻拍着我肩膀,叮咛道:"儿呀,要记住回家的路……"

我明白:作为一棵小草,有着温暖春风的轻拂,会是多么舒适;有着阳光的照耀,该有多么素朴的幸福啊!

青草绵绵,春晖悠悠。母亲阳光般的凝视,将我的一生覆盖。

而漂泊依然,老家窗前微弱的灯光,是我无论行走多远梦里永远的牵念。

而我唯有用自己的上进、自己的出息,来报答母亲春晖般的恩情。

江火似流萤

船下广陵去,月明征虏亭。

山花如绣颊,江火似流萤。

——李白《夜下征虏亭》

夜色朦胧，刚离去的暮霞即刻被凝望掩盖。那些斑斓的影子深一脚浅一脚，转瞬就到了春天的深处。

一叶扁舟，满载柔风与星辉。粼粼春水，如一首优美的诗，承载风，承载风里那轻轻舒开的温润时光。穿青衣的人立在船头，没有悲愁，也没有歌唱，面向广陵，为爱找一个宽阔的向往。

月光，不分同乡或外乡人，都一样的洁白，一样的普照。就如同江水，用流淌平衡流淌，不要问是顺着风，还是逆着风。月光才是漂流人最亮的灯盏，也不要问是广陵的梨花白，还是今夜的月色白？

水是秘密的镜子，真正的明亮总是晃荡在自己的心里。

就连满空的碎银，也无法束缚征虏亭的飞翔，因为那张开的檐角酷似翅膀。站在你面前，我的灵魂是白色的云朵，不染纤尘。

我的岸，也若隐若现。

夜风不寐，流水声声。两岸的山花在互诉衷肠。暗香跌进江水，和着月色一起流淌，水草时而张望，时而闭目。所有的爱恋，都藏在心房。

一盏灯亮了，两岸的灯接连亮了。江水依依，无数暖黄的光晕，到底是在等谁来重逢？

夜岚茫茫，渔火点点。我看见一些飞翔的痕迹，如盛开的春花，一朵接一朵绽放在淙淙的流水之上。

我的小幸福如飞舞的流萤，那么充盈，那么绚烂。

昨别今已春

客从东方来，衣上灞陵雨。

问客何为来，采山因买斧。

冥冥花正开，飏飏燕新乳。

昨别今已春，鬓丝生几缕。

——韦应物《长安遇冯著》

偶遇，就像一份从天而降毫无预设的礼物。你不知是何时，也不知会遇到怎样的故友。

重逢时，你刚从遥远的东边款款而来，衣襟上还沾满了灞陵的风雨，一派名士隐者风范。这就是你，我的好友冯著。

春风吹拂之时，我们在长安相遇，这就是一份从天而降的礼物。

我询问你来到长安何故？你诙谐风趣地说，是为开山辟地买斧斤，还貌似心藏不快之意。

窗外，春雨蒙蒙，造化静谧。百花湿漉漉地绽放，怜惜疼爱之意断然开启心扉。和风徐徐，新燕刚刚振翅习飞，母燕眼里雏儿稚嫩的模样，甚是惹人爱怜。

此时的清新明快、喜悦多情，何尝不让人心旷神怡呢？

春光乍泄，流苏芬芳。青黄的嫩芽，翠绿的鸟啼，荡漾在流盼的眼波里，连呼吸都清爽了、干净了、愉悦了。

离别就像在昨日。而今正是逢春之际，时光还在流转，那么就着无边的春色，共享这难得的惬意吧。

你的双鬓黑发，并没有霜白几缕，还算不得年老呢？盛年未逾，何来叹息年迈垂老？

赏明媚的春色，听轻淌的河水，再望远处的山峦，心境就会慢慢安宁，所有的失意就会烟消云散。

你瞧瞧，春天已然到来，未必积雪还不消融？

草木有本心

兰叶春葳蕤，桂华秋皎洁。

欣欣此生意，自尔为佳节。

谁知林栖者，闻风坐相悦。

草木有本心，何求美人折？

——张九龄《感遇十二首·其一》

春天，顺应时光流转，款款而来。不疾不徐，美好的季节自会遇到微笑的花朵。一如我在春光里，邂逅了温情内敛的你。

一如寒冬隐退之后，你会驾着马车裹紧暖意，笑盈盈地向我驶来。也一如新年的红灯笼，寄寓着美好的祝福与希冀。

幽兰嫩草已翠叶披芬，柔媚地舞动在春风里。想必春花过后的秋实里，必是金桂飘香，明朗地笑傲风云，蔓延皎皎的月华。

在这般欣欣向荣、生机勃勃的气息里，又何须再伤感垂泪呢？

沿着玻璃杯口，时空在指尖变换，在意念旋转的跳跃或凝思中，缤纷的色彩如琉璃，滑过思索，却不停息。

那些不易被发现的身影，定然隐逸在山林野外。只是闻闻芬芳恣意的草木、只是听听野鸟家禽的啼鸣，就满心感动，满怀欣喜。

草木的清香，弥漫在春天的每一处角落。那些花儿因时而开，不为你我，不因盛衰。

攀折枝丫的双手呵，请不要自我迷恋，属于你的红颜自会匿藏在花之蕊，那是一颗最纯最净的心。

春流绕蜀城

见说蚕丛路，崎岖不易行。

山从人面起，云傍马头生。

芳树笼秦栈，春流绕蜀城。

升沉应已定，不必问君平。

——李白《送友人入蜀》

别离，无须涕下沾襟，也不仅是"两人对酌山花开"。风一来，眼睑上的柔情，比春天还柔亮。

你低低诉说着别路，前方的狼烟，荆棘，孤河，峭壁……

你说蜀道的艰难，险峻。

我则用肺叶汲取你诉说里的暖。上万里的微风，传唱一首千年的离歌。回眸处，峥嵘的山面，泊不住我的喘息，也泊不住暗香涌动的时光。

踉跄的人，与栈道垂直的峰，以及一只苍鹰，好似都迷乱了自己的过去与未来。

云朵纤弱，试图裹住疲惫的马蹄声。山谷的回音，省略了所有的过程。我仿佛看见了柳暗之后的花明，闻到了月色般的芳菲。

春天坐在树梢上，反刍着叶影与挚爱。瞬间，又旋出一大片一大片的青纱，笼罩着秦栈道，笼罩着草木的葱茏。

风吹过来，生命有如兰花打开的形状，弧度优雅。山下的春江，碧波粼粼，无意之间便闯进了蜀城的梦想，闯进了春天的希冀。

其实，你永远不会知道，我只是一个丢了脚印的孩子，千百种穿越的姿势被俗风一掠而尽。你临别的箴言，成了我唯一的指南针："尘世的进退与深沉早有定局，宿命的欢与痛，无从更改，何必再去询问善卜的君平呢。"

明知去途艰难，我又如何退得回？人生之路，有多少都是情非得已，无法逆转。

春潮带雨晚来急

独怜幽草涧边生,上有黄鹂深树鸣。

春潮带雨晚来急,野渡无人舟自横。

——韦应物《滁州西涧》

一蓑烟雨。一叶孤舟。一条清溪。滁州，就是这般的简洁明澈。

数声黄鹂，此时如我淡泊的心情。

西涧雨景，野趣盎然。暮春时节，芳草萋萋，溪水恣肆，好一派怡然自得的诗情画意。

举头而望，林木阴翳，芳华自落。暗碧渐笼的树林里传出的几声莺啼，溅落在草地，也是一派恬淡、娴静的景致。

那花自开、水自流、草自绿、鸟自啼的自由，正是大自然的迷人之处。

孤山宁静，却不寂寥。那就，且行且听吧。

独步之旅，春雨骤来。立时涧水猛涨，春潮汹涌，倒是一番酣畅与淋漓。

郊野渡口外，寂寥无人时，空空的渡船飘摇在风雨中。水急舟自横，又何尝不是历代诗人彼时彼地的心境呢？

涧边蔓延的幽草，枝桠上不时掠过的鸟影，让这春潮晚雨，毫不惜情地亲吻着寂静。

晚风润湿，滁州城里的尘嚣应是洗刷一空了吧？

夜色里，一丛青草依然抚慰着我柔软的目光。而漫漫春色，在所有观望的眼里，如同一幅渐次晕开的水墨画……

满月和风宜夜行

湘江二月春水平,满月和风宜夜行。

唱桡欲过平阳戍,守吏相呼问姓名。

——元结《欸乃曲五首》(其二节选)

初春，柔嫩的夕阳刚走进地平线那边去卸妆，那皎洁的月色把湘江水镀上了一层银光。

两岸起伏的山峦，已被如酥的细雨抹上了一层浅绿。放眼望去，色彩与夕光环抱，仿若一幅绝妙的山水画。

从长沙去道州，本是逆水行舟，因为有如此美景相伴，再艰辛再遥远的路途也为画中游了。

沿岸的江石，虽被春水淹没半个脑袋，但仍旧可看到被去年洪水拥吻过的痕迹。

那些被江水渐渐泡软的船歌，古老而鲜嫩。

开阔的江岸，行走着一船和煦的春风；星空之下，倾泻着一瀑清朗的月色。那清香袅袅的酒香呢，则醉了摇桨的舟子。

可是，船刚到平阳戍，前方突然传来了吆喝声。那些戍守在此的官吏，手持通红的火把，山鬼一般在岸边喝问着姓名。

在静寂的午夜，此刻，行船人虽感意外和惊愕，但心里倒滋生了一种旅途的温暖。

前方的道州，被这温暖的吆喝声，仿佛也推近到了眼泪前。

二月江南花满枝

二月江南花满枝,他乡寒食远堪悲。

贫居往往无烟火,不独明朝为子推。

——孟云卿《寒食》

如画的江南，阳光已吻醒了每一枚花朵。

鸟翅一样轻盈的天空，浮云仿佛还沉浸在如梦的时光里。

花朵喧闹枝头，白云粉刷春天。身在异地，如此美景，倘若能浓缩送回故乡该有多好啊。

此刻，天空的蓝和草地的绿，我分不清哪一个更美。

可是，寒食节这天，我只能独自撑开黄昏那柄忧伤的伞，一路沿着温暖的马蹄，想寻回遗落在岁月里的淡淡花香。

清明前的雨水，落在身上，寒彻透骨。但为了纪念在火中涅槃的介子推，我这个穷酸书生和学子们一样，在这天都不忍心举火，宁愿吞咽着冰冷的食物。

一场大火掠去人的肉身，但高贵的灵魂，则在熊熊烈火中得到永生。

贫穷但能听到风声也是美好的。人的一生若有心灵的温暖相随，短暂的贫困潦倒又算得了什么？

龙池柳色雨中深

二月黄鹂飞上林,春城紫禁晓阴阴。

长乐钟声花外尽,龙池柳色雨中深。

阳和不散穷途恨,霄汉长怀捧日心。

献赋十年犹未遇,羞将白发对华簪。

——钱起《赠阙下裴舍人》

这些拂面的风没有形状。浓浓春光，在风的拂动下，开始呈现不同弧度的弯曲，像一些潦草的思绪在记忆中飘舞。

拂晓时分，长乐宫的钟声，飞过宫墙，一下接一下，在黎明和煦的风里传得特别悠远。

成群结队的黄鹂，也在春天曼妙的韵律里，尽情追逐、嬉戏。

鸟的叫声，惊醒了沉睡的小草，她们都偷偷从紫禁城的青石缝隙里钻出来，自由舒展着被禁锢了许久的腰肢。

雨后的阳光下，杨柳仿佛开始了与青草的比赛，她们都拼力摆出自己招牌的姿势，越发显得娇柔可人。苍翠欲滴的春光啊，到底曾迷惑了多少迁客骚人？

富丽堂皇的龙池外，从鸟翅上滑落的钟声，又缓缓飘散在花树之上。这些树木，在时间的历练下，也好像洞察了世态炎凉。她们都匿藏起自己细小的手掌，不轻易为谁鼓掌了。

而我，只是一个空怀一腔热血的御用文人。多年来，那源源不断献给朝廷的颂歌，似一片片的落叶，被秋风都悄无声息地吹落。此刻，我的心，是花间一只落魄的蝴蝶，纵使阳光灿烂，折断的羽翼已无法掀动一丝温暖的气息。

如今，虽然满头银发在春光下闪烁着刺目的光华，但怀抱着一把无弦之琴，我仍在继续觅寻着此生的知音。

辛夷花尽杏花飞

谷口春残黄鸟稀,辛夷花尽杏花飞。
始怜幽竹山窗下,不改清阴待我归。

——钱起《暮春归故山草堂》

通往春天的秘密小径，就藏在每一棵青草的小站点。每一个枝杈是一个驿站，她们要运送许多熟悉或陌生的旅客，有姓杨的，姓柳的，也有杏花和辛夷的复姓。

在春天的深处，这些旅客满身散发着芬芳的气息，她们穿着嫩绿的衣裳，怀抱五彩缤纷的鲜花，各自奔向每一个要去的地方。

春天的出口处，她们有的绿衣招摇，有的花枝招展。没有风的日子，她们则懵懵懂懂小心翼翼地睁大自己的眼睛，望着天空发呆。

那些多嘴多舌的黄莺，也不知道被春光灌醉在哪里去了？

春天即将过去，广袤的原野已经醒来。所有的景物已经蓄势待发，这是个适宜出发的时节。

现在，诗人终于抵达故乡的山冈，嵌进了一片永不褪色的风景。那平整卧伏在山冈的大石头，似乎还残留着诗人少年时的体温；那矮矮的灌木，似乎还被乡音浸泡着；那盛开的映山红，似乎还裹有火焰般的热烈。只是昔日通向远方的那条青石小路，已被杂草所掩没。

从傍晚出发，绕过门前茂密的幽竹，那些水一样的记忆，暂时搁放在叶子搭起的清凉里。

明天，诗人可能又身在他乡了，身在一个没有乡音没有鸟鸣的驿站。

唐诗写意

春风不度玉门关

黄河远上白云间,一片孤城万仞山。

羌笛何须怨杨柳,春风不度玉门关。

——王之涣《凉州词二首》(其一)

白云远远，悠悠而去。黄河的那边，凉州城依旧孤零而落寂。

　　云海滔滔，一片，一片，又一片，淹没我的眺望。荒野漠漠，纵使背倚万仞高山，纵使吹响高亢的羌笛，愕然竖立的月色也无法拾掇我的乡愁。

　　茫然四顾，还有多少愁绪能突破喉管喷薄而出呢？

　　都说塞外边关，铮铮男儿智勇疆场。孤零零的玉门关，还远远不胜于我冷峭的寒心呵！

　　浑浊的水流哀怨而延绵。多想就此手折杨柳，并紧紧握着。即使是无人相送，如此，也许能消磨几分离愁的无望时光。

　　无法拾掇的乡愁，和着荡荡东去的黄河之水，向着天际奔涌而去，最终消逝在我的视野。

　　险僻的凉州，我又该用怎样的言辞，向你诉说新添的忧愁呢？

　　阔远的塞北，寂寥的风光，染浓了征夫的别绪。此刻，何必用激越的战鼓再来增添一堵彻骨的墙池呢？

　　暗夜中，凌厉的北风和着冷雨，一遍又一遍扫过天际，一次又一次拍打着无眠的心绪。在黎明还未来临之前，何须牵着杨柳来摆宴设酒、寄情于物呢？

　　其实，谁都明了，郁郁春风，从来就难度荒芜的玉门之关啊！

无情最是台城柳

江雨霏霏江草齐,六朝如梦鸟空啼。

无情最是台城柳,依旧烟笼十里堤。

——韦庄《台城》

长江之滨，金陵风月，无梦空啼的春光里，台城内外，轻烟笼罩着沙堤。

濛濛寂寂的江雨，若有若无，若显若隐。六朝的往事，早已气若游丝。

风雨凄迷，碧草如丝，静幽幽地蓬勃在泥土的怀抱。

那曾浮华香艳的故都，美人和帝王间的暧昧，已被红尘掩埋。只余下梦幻般的城苑，氤氲着流水上的胭脂粉味，甚至那老者手中的一杆烟枪，都已在尘埃里遗落、消隐，并化为齑粉。

荒芜之所，如今已是春草芽嫩，柳色青青。飞絮轻舞的江畔，烟含雾锁，好一派盛景重燃，生机满目。

而那些依旧欢啼的鸟雀儿，吹响了繁茂的谎言，肆无忌惮。一个来此凭吊的诗人，何以驻足良久，且凝视眼前的衰微与新奇？

时光里兴衰如此脆弱而无常，怎不令人感叹？

未知的际遇，还隐在斜塔的背后。光与影的交替，一直不休地晃动、摇曳、顾盼。

茂盛的青草，让春风更甚，让一个诗人无畏地冲破心的囚笼。

春天的江畔，最是无情的台城柳枝，点亮了光阴的曼舞和昨日的迷梦，也将我这泪光盈眸的游子，相拥入怀，继而隐匿；千里江堤不见踪迹。

西出阳关无故人

渭城朝雨浥轻尘,客舍青青柳色新。

劝君更尽一杯酒,西出阳关无故人。

——王维《送元二使安西》

早晨清新的空气，经过一阵春雨的洗涤后，更令人心旷神怡。

渭城里的街道，尘埃静默，沉醉于微风与柔雨之中，似昨夜的呓语。绿荫中客舍里，旅人将沙沙的雨声，当作了一曲舒心安恬的催眠曲。

水边的垂柳，又添了满腹的婉约与情愫。连那些还停留在暗色里的眼眸，在柔嫩的空气中，也隐隐约约透露出迷人的情韵。

朝雨乍停，天朗气清。所有的风光，唯以阳春清濛最是扣人心弦。

客舍和驿道两旁的柳枝呵，请不要再飘荡了，因为离别的场景已迫在眼前。

往昔尘土羁旅的路途，今天就留在渭城吧。以免再次离开时，一盏薄酒还暖不了远去的背影。

那就再折一枝翠绿的杨柳，赠与春风中的你和别后的想念。

行人寥寥，恰好纯粹了挚诚的对视。一盏香溢四方的美酒，只余最后半盏了，这醉后的分别，权当一场梦境。

长路漫漫，暂且搁别。从此出关后，西边的征程，许是少了我这样的故友知己。

趁今宵酒香与暖意未散，彼此将惜别的凝望，就定格在空旷的夜色里吧。

终古垂杨有暮鸦

紫泉宫殿锁烟霞,欲取芜城作帝家。

玉玺不缘归日角,锦帆应是到天涯。

于今腐草无萤火,终古垂杨有暮鸦。

地下若逢陈后主,岂宜重问后庭花。

——李商隐《隋宫》

江都隋宫内，紫苑烟霞，锁住满城的风雨烟云。殿宇之外，落日斑驳，压低了房檐，压低了萧索的空气，也压低了残喘的挣扎。

热闹的芜城，取作帝王度假的迷宫。江南小镇，艳妆熠熠、锦帆点点，何处无笑颜呢？

曾经，诗人预言：尾上带灯的萤虫们，终将失落于苍茫的夜色。

果不其然，墙角的枯草，隐匿在夜色深处，失于萤火虫的欢乐，剩余的那滴幽光，也无法发芽。

隋堤的垂柳，让三月的扬州青翠欲滴。晓钟晨鸣，垂下的枝条似那纤纤细腰，注定挡不住岁月的侵蚀。

而暮色与昏鸦，羽翼湿重，徒然栖息于枝桠，惹得时间老人悠闲的脚步顿然加速。

没有遇见，并不代表没有人想念。风儿依旧牵梦，绿枝依旧缠绵，午夜的波光依旧轻漾。

青幽幽的月光，似锐利的刀锋，划开历史的一道血痕，能还一寸曙光于明天吗？

诞生，并不那么容易。而销毁，只需一秒。包括，许多人挂念而心向往之的人与事。

在历史与时空之间，距离往往只是一种意念。那一曲未尽的《后庭花》，能否再次相邀弹奏？

蓬门今始为君开

舍南舍北皆春水,但见群鸥日日来。

花径不曾缘客扫,蓬门今始为君开。

盘飧市远无兼味,樽酒家贫只旧醅。

肯与邻翁相对饮,隔篱呼取尽余杯。

——杜甫《客至》

远离街市，远离繁杂。

一弯悠悠绿水，绕舍而过。南面北边，沙鸥云集，日日聚首，闲适恬淡如我。毕竟春天不嫌贫爱富，乡野的气息，悄悄擦醒了沉睡而迷蒙的眼。

还有一些微笑，也在一夜之间忽然宕开。而我，守在草堂，静静地等候春天的客人。

沉睡了一整冬的小径，久不见人整修。而韧草编制的蓬门，还不知是否耐得住料峭的春寒呢。

最近喜闻老友即将来访，和着春光的明媚，将户外的消息一并相告。久违的朋友，久违的春意，真是让我喜不自禁。

开花的小路，就让它们恣意地开放吧，我也懒得清理了。今日因了你的驾到，我才勤于理清。而久未启封的蓬门，今天也为你而开放。我和春天，一齐迎接你的莅临。

如此乡野村郊，比不得街市的繁华。没有珍馐美味，简简单单的杯盘，囊中羞涩实在怠慢，我的朋友。只能用陈年的家酿来款待了。

就着浊酒、小菜，赏着晨景、野鸥，室外蓬勃的春天、嫩绿的小花小草、一座草堂、一阵微风、一股清香、一派祥和，远处的山峰、近处的人家、动听的雀鸣、玩耍的孩童，构成了一幅山野的画卷。

对面有情谊，心中有问候，虽酒席不盛，但快乐一定会长留。旧年时光，几度春秋，曾经的你我，岂能相忘于江湖。

而今的我们，还能在一起，还能把酒言欢，几多畅快呀！

倘若你不介意，我就隔着篱笆藤，召唤邻家老翁，一起把盏，喝尽这最后的几杯吧。只有这些美景乐事，会在心底里酝酿，最后弥散出淡淡的清香。

愿随春风寄燕然

日色欲尽花含烟,月明欲素愁不眠。

赵瑟初停凤凰柱,蜀琴欲奏鸳鸯弦。

此曲有意无人传,愿随春风寄燕然。

忆君迢迢隔青天,昔日横波目,今作流泪泉。

不信妾断肠,归来看取明镜前。

——李白《长相思·其二》

春景窈窕，人若黄花。

西坠的落日，余辉尽洒，宛如心怀花蕊的女子，情意绵绵，悄然抛洒无尽的念想。

天际的尽头，含烟的水波涟漪，美景如画，不忍离去。挥尽最后的气力，换取最后的夺目光彩。

月华如丝练。今夜笼着素净的春寒，一枕无眠。

凤凰柱上，刚刚经历了一场华盛的舞会。音乐的顿处，似有风吹花落。心里念着再弹奏蜀国的琴弦，又害怕一不小心触动那鸳鸯弦。

究竟会有多少离愁爱恨暗藏？无人言语的枝头，春风能够传递这饱含情意的曲调么？

遥远的燕然，凡是春风所到之处，定能千里相思飘然送达。因为，没有什么能敌过信念。

迢迢山川之外，为何也隔着山重重水重重？

君不见，当年媚眼间的秋波，而今已是泪痕深深。明镜前的女子，不忍拂面，不见笑颜，相思早已肝肠寸断。

归来的路途依旧遥远，梦中相聚的时光何时才能实现？

捧起的清水，还很刺骨。这样的感触，已丝毫撩不起曾有的惊喜。当年的羞涩，你还记得么？当年的诺言，是否依然鲜活？

记忆是一张网，所有的画意诗情，被一轮明月尽收于囊中。

万树桃花映小楼

山泉散漫绕阶流,万树桃花映小楼。

闲读道书慵未起,水晶帘下看梳头。

——元稹《离思五首》节选

在季节微颤的轻光里，氤氲着纯净的暗香；就像爱的慢板，让两颗心隔着时空在默然守望。

仿佛小楼外的万朵桃花，捧出心底最炽热的火焰。

被清泉涤荡的思想和灵魂，即使藏匿在一卷泛黄的经卷里，也会散出淡淡的幽香。

我想攀援着月色，窥视到你瀑布一样的青丝，在卷起的水晶帘下。

窗外，那花，那风景，那水晶般的明净，皆属于你。

此刻，水中倒映的星辰，令人怦然心动的月色，和着若有若无的琴音，统治了旷野和天空。

即将来临的黎明，被一段轻柔的薄雾所俘房。整理好自己的衣冠，梳理好自己的头发，相见须有庄重的仪式感。

两颗心，像两颗水晶一样，彼此亘古辉映。

晨曦，开始赐福于人间。

阳春一曲和皆难

鸡鸣紫陌曙光寒，莺啭皇州春色阑。

金阙晓钟开万户，玉阶仙仗拥千官。

花迎剑佩星初落，柳拂旌旗露未干。

独有凤凰池上客，阳春一曲和皆难。

——岑参《奉和中书舍人贾至早朝大明宫》

星子们刚隐身，幽暗的时空就被黎明撞开了一道曙光。

邻家的公鸡还未打鸣，清幽的寒气仍旧紧逼，宽阔的京都大道上，赶朝的车辙痕迹直通皇宫金殿。

春色阑珊，夜里黄莺慵懒地悠啭。梦还未醒，呓语还粘在梦枕，早开的宫门是望楼晨钟的第一声轻唤。

长安城，夜未央，有人未眠。

拂晓迷蒙，惺忪的每条城街连接着宫殿门楼。玉阶前，天子的仪仗队威武林立，簇拥着上朝的文武百官。

启明星还挂在天空，惺忪地瞥着这群楚楚衣冠。那些佩戴宝剑的侍卫，昂首阔步走在繁花相迎的路上，步履自得。

而路边的柳条轻拂着旌旗，柔情与刚烈并舞，惟有一捧朝露润着这肃穆的空气。

群臣百官里，独有那凤凰池上的贾至舍人作了一首诗，可其诗阳春白雪，想要唱和，并不是件容易的事。

金殿朝宇，晓钟晨鸣。那些前朝的往事风尘，被裹在晨曦微露的柳条间，在旌旗的招展里酝酿。

静穆庄严的皇州，再隆重的早朝，都不是我推崇的对象。惟有贾至的诗文，才是我梦寐以求酬和的心愿。

第二辑 夏莺千啭

菱透浮萍绿锦池

夏莺千啭弄蔷薇

—— 杜牧

唐诗写意

空山不见人

空山不见人，但闻人语响。

返景入深林，复照青苔上。

——王维《鹿柴》

空谷、传音，空山、人语浮沉。

静幽幽的山林，暗暗滋生满目的苍茫、满山的寂静。树林茂密，让人无法判别时光是否曾打捞过这里的幽暗。

多余的光线，蓦然嵌入寂寂无声的大山。那些貌似安详的苍老之树，此刻，静静地沐浴着世外的生机与活力。

光与影，总是变幻着投射在寂寥的心房。

更深处的灌木，依旧堂而皇之地遮蔽狭小而弯曲的路径，自鸣得意。劈开荆棘，得到的是叶子一般宁静的疼痛。

据说篱笆还在更远处，据说探秘的灯光比旅人更加精神。

腐蚀丛生的气息下，藏有多少经年不衰的秘密呢？那些石化或腐烂的草木，隐约之中，伴着冬春轮回的脚步，又被覆上了一层层苍老的光阴。

一块石头安然地躺在深绿中，一不小心，斑驳的碎光背后，一朵青幽幽的花，成了天然的舞者。

傍晚的风，悄悄拂过这片没有人影的空山。于是，远远的山峰，在夕光残阳里，绾落一池净水，怀抱漫天的锦绣。

一波一波的折影，好似大自然的一场抛物游戏，接到亮光的都是幸运的精灵。

嘘——

此刻，连青苔都陶醉痴迷了。

相见语依依

斜光照墟落，穷巷牛羊归。

野老念牧童，倚杖候荆扉。

雉雊麦苗秀，蚕眠桑叶稀。

田夫荷锄至，相见语依依。

即此羡闲逸，怅然吟式微。

——王维《渭川田家》

一支田园牧歌，悠悠飘过耳际。在如诗如画的渭川，则似一支绵长的小提琴协奏曲。

夕阳西下，暮色苍茫。余晖掩映着村墟篱落，在遮蔽不住的角落，暗色一层层渐增。急匆匆的脚步，都迈向归家的垄道。

一幅田园的画卷，在缓缓展开。

牛羊归巢，慢慢悠悠，踩着细碎的余辉。小巷深处，一位老者拄着拐杖倚着门扉，盼着放牧归来的孩童。张望之余，连手中的拐杖也仿佛颤抖着在翘首以盼。

旁边的麦地里，华发吐穗正旺，鸡鸣阵阵，呼唤着同伴进窝。桑叶逐渐稀疏，蚕宝宝开始了吐丝做茧，营造自己的安乐窝。

而田间地垄，扛着锄头的农夫们三三两两还在交谈。归来之时，邻家相见，满脸笑意，那份简单的满足，透亮了黑夜的灯火。

春意也盎然。一座村子都开始了恬然自乐的休眠。此情此景，所有的身心连同疲累，都一并交付了这温暖的田园。

连同我那蓬勃的诗心，也散落在花草虫鸟间，徒然心生的惆怅与彷徨，也惬意着一扫而光。

恨无知音赏

山光忽西落，池月渐东上。

散发乘夕凉，开轩卧闲敞。

荷风送香气，竹露滴清响。

欲取鸣琴弹，恨无知音赏。

感此怀故人，中宵劳梦想。

——孟浩然《夏日南亭怀辛大》

晚风轻拂南亭，夕阳靠山而眠，忽然之间，夜色就斑驳朦胧。四周的青山绿水，安然享受着夏日里清闲的时光，无端诗意了画面。

伴水而居，最后的余晖也泛不起一丝的波澜。东边池角，明月渐渐撩开面纱，跃动在东方，静美而柔婉。

洗去一天的汗渍，摘掉头上的冠簪，散开挽起的长发，特意来到南亭水畔乘凉。今夕偎在一湾水岸，内心就更凉爽、更宁静。

推门开窗，悠闲地卧享这份清凉安谧，神游其中，自得其乐。

夜色美好，一如你深邃明亮的眼眸。

此刻，正好凝思，正好起意。

而若有若无之间，清风徐徐送来荷花幽香，淡淡的，隐隐的，一丝一缕，想抓住之时就消散了，想舍弃之时又缠绕扑面。而近处竹叶滑下露珠的轻响，清心悦耳，久久不息。

清幽绝俗的意境里，心想着取来鸣琴弹奏一曲，和着这夏日难得的消暑之景，慰藉平日里的劳碌奔波之友。只可惜，眼前知音不在，即使高山流水阳春白雪，大约也无人知晓明了，更无法说懂得珍惜了。

此时多么希望能有一位故友，共享小亭的明月清风。可惜此刻人单影只，心生惆怅寂寥，幻想只是一株无果树。

倘使有好友相随，自是会一同走向大自然，追凉风、濯清水、赏芙蕖、钓鲤鱼，然后品茗吟诗，自得一番清凉天地。

可惜这良宵苦短，美好的时光稍纵即逝，让我还来不及思念老朋友辛大呢。那就在梦里一起赏月对歌，消解涩苦的思念吧。

我心素已闲

言入黄花川,每逐青溪水。
随山将万转,趣途无百里。
声喧乱石中,色静深松里。
漾漾泛菱荇,澄澄映葭苇。
我心素已闲,清川澹如此。
请留盘石上,垂钓将已矣。

——王维《青溪/过青溪水作》

漫游黄花川，每次都有不同的感觉。沿着青溪辗转漂流，水随人走，心随境迁。

青山依着绿水，溪流绕着峰峦，千回万转之间，不过只有百里而已。而曲折蜿蜒多姿，其中乐趣，自可体味。

所谓惊喜，刹那之间跃出眼帘，换个角度，景致自会摇曳生姿。

溪流闪过乱石，灵活地展露身姿，笑靥如花地又挑逗另一颗净石。潺潺流水，浪花鸣唱，叮咚作响，好一派音乐的盛况。

丛林深处，碧溪媚且柔。两岸青翠的苍劲，与松色相映成辉，一点儿声息都无从拾取，显得几多娴静、安谧。

伫身于大自然里，连呼吸都被染绿了。

转身之处，一大片开阔地带绵延伸张，溪面上菱叶荇菜随波荡漾，这些水生植物欢快地碰撞，平添几许生趣。溪流继续向前，浅水滩边初生的芦苇蒲秀倒映在清澈碧透的水面，对镜梳妆，摇曳生姿，几多活泼。

清溪在旁，这些素淡、雅致的景致，恰与我平素自甘淡泊的心境、闲适的情趣如出一辙。

澹澹川石如此，清清溪流如此，漾漾水波如此，澄澄青翠如此，还有柔婉的菱荇葭苇也如此。

那就让我留在这盘岩石上好了，就像东汉的严子陵一般，凤愿终日悠闲垂钓，直到终老。

茅亭宿花影

清溪深不测,隐处唯孤云。

松际露微月,清光犹为君。

茅亭宿花影,药院滋苔纹。

余亦谢时去,西山鸾鹤群。

——常建《宿王昌龄隐居》

山野隐士，清雅似流水，明澈洁净，不染俗尘。

山中白云，简约而淡泊，一如王昌龄的居舍。今夜，我被幽冥的清香吸引，一路在觅觅寻寻。

清溪滑落石门山深处，屋后的景致幽深。

深不可测的溪源，究竟隐透出多少醉人的清雅？此时的山峦，唯有一朵孤云，闲荡游弋，不急也不缓。

夜色正浓。松树梢头的天际，举头可见明月升起，清光朗照，格外含情。许是月儿不知今日过客来，还在念想当年的昌龄对月之情吗？

夜宿于此，一阵清寂的气息不绝如缕。抬眼望见窗外有花影迎来，门前听松低语，茅屋旁锄草种花，院里药草滋养着青苔，虽久无人居仍自得其乐。

晚风拂来，青蒿轻轻舞动，纹路清晰地亮在地面，似风影闪过。信步闲亭，清溪活水每日迎来最新鲜的晨曦，然后又缓缓话别西山的斜阳，归隐山谷。

所有的植被，想必皆是浸润了山水的灵秀之气，仿若月色里摇曳的裙裾，顾盼生辉。

真是不想离去。西山有魂有灵，鹤群也隐居于此，唯愿常年在外飘零的我，能够与它们相伴共享天伦。

曲尽河星稀

暮从碧山下，山月随人归。

却顾所来径，苍苍横翠微。

相携及田家，童稚开荆扉。

绿竹入幽径，青萝拂行衣。

欢言得所憩，美酒聊共挥。

长歌吟松风，曲尽河星稀。

我醉君复乐，陶然共忘机。

——李白《下终南山过斛斯山人宿置酒》（节选）

山峦暮色,翠碧的树木开始阴森起来,裹紧了白昼里存续的暖意。跟随下山的脚步,暗色盖过层林,终南山的风景暗然隐匿了。

还有一轮明月,也随着轻悠的步伐归入山脚人家。回望刚走过的山间小路,苍苍茫茫笼罩一片,已不大清晰,已不甚分明。

只是那微微还在喘息的青翠,散发出欣然满足的气息,而我也满足了游兴。

好客的斛斯山人隐居于此,承他留宿,置酒款待。刚至他家门前,孩童们欢快地打开柴门迎接我,表情并不羞赧,盛情尽露。

走近绿竹掩映的小道,翠幽幽的青萝枝条轻拂着我的衣裳。行经之处,仿佛可闻绿意的笑声。

若是今晚逢着梦中的女神,那也不必讶异,无需惊奇。

月明星稀,山野人家,静阔昕薇,自然干净无尘。纤微旷邈的院落村舍,怎不令我忘怀陶醉。

宾主相交,秉月相叙,畅饮美酒,放松身心。此刻,将自己彻底沉浸在山林夜色之中,和着弥散的酒香,已然进入忘我的境地。

那就放声高歌一支松风曲吧!最合情境的音乐,宛若漂浮在夜空中,下面是游动轻柔的绿衣蚕丝。曲罢留声,余韵回荡,星子寥落,许是经不得那般狂放和恣意吧!

闪亮的星河,也坠入了恬然的梦里。

那些蝇利虚名,早已隐退至脑际之后,跌落于世俗的深谷。

潇湘何事等闲回

潇湘何事等闲回,水碧沙明两岸苔。
二十五弦弹夜月,不胜清怨却飞来。

——钱起《归雁》

一生一世的幸福，都朝向一个方向。激情和向往也都给了远方——北方。

南方的花期，转瞬即将凋零。可那些能怒放的必将怒放，可怒放的终将怒放，像琴声和乡愁一样。

风沙和星光一起，迎接那即将来临的时刻。此时，月色正手挽着手，互相从懂得说到珍惜，说到清怨或者温暖。

如同二十五弦琴的喋喋不休，如同游子说梦。

回到故乡温暖的怀抱，甚至什么都不用说，闭着眼睛也能摸着一脸的踏实和幸福。

忆起潇水、湘水，我必须要说到青草。眺望或者沉思，那回忆好似水面泛起的涟漪，或似月下的低语。她们静静地泊在春天里，这乡野的众姐妹，总是嫌春天来得还不够热烈。

那些明净的沙石，倒映一地的春光。此刻，谁能告诉我游子总是被异乡的青苔滑倒的隐秘？

风，把月下的琴声传得很远很远，也把孤独的思绪吹得四处飘散。此刻，只要有一片羽毛就能托起回归的迢迢路途。

漂泊久了的心灵，总需要一个休憩的港湾，需要刚好距离够到温暖。

而我和南方的一朵桃花，刚刚擦肩而过。

其实，我和她刚刚都还在相互回眸。

隔水青山似故乡

松下茅亭五月凉,汀沙云树晚苍苍。
行人无限秋风思,隔水青山似故乡。

——戴叔伦《题稚川山水》

在太阳照得到的地方，处处盛开着青葱的欲望。春光已逝，当一切都镀上郁郁葱葱的色调，季节的枝头，开始挂满了缤纷的喧闹。

仲夏，风中散发的温热藏有一种难言的躁动。一跤跌进时光的深渊，只能把一首深情而安静的诗，献给心中永恒的山水。

被鸟鸣打开的天空，万物都不过是翅膀的影子。应该有一个小口袋，能让诗人装下整个大地的喧嚣与宁静。

而山顶隐隐约约的茅亭，远远看去只是天空的一小块补丁。

在风吹草动的黄昏，隔着远山阔水，站在夕光里眺望万里之遥的故乡，眼前那些摇曳的松影，仿佛要把微凉的问候，捎给家乡璀璨的星空。

而梦中，曾几何时村口那棵老松树也斜卧在光阴里，沧桑的刻痕已是纵横交错。故乡最熟悉的歌谣，就是袅袅在炊烟里那首割麦的歌谣。阳光敲打着割麦者青铜色的臂膀，镰刀锋利而急切地收获着麦秆的激情，和着汗水将丰收的乐章奏响。

星光下，诗人依稀又看见母亲一边用麦秆编织草帽，一边轻轻哼着摇篮曲哄孩子入睡时的剪影。母亲的气息，又依稀弥漫在山野的四周。

而如今，母亲已长眠在故乡的蛙声里。身处异地他乡的诗人，用目光抚摸着天空的那一小块补丁，总是无法割舍那殷殷的乡音、那绵绵的乡魂……

一骑红尘妃子笑

长安回望绣成堆,山顶千门次第开。

一骑红尘妃子笑,无人知是荔枝来。

——杜牧《过华清宫绝句三首》(其一)

南国炙热的阳光,把枝头团团簇簇荔枝的脸烤得红彤彤的。千万颗累累的果实,压弯了果农们的期盼。

夏日,荔枝像绛雪丹丸似的长在树上,浮动着一片艳丽华贵的色彩;荔枝林呢,则像一匹匹巨型的绛纱,闪耀着灿烂的光芒。

那光芒,也照亮了生命里一段圆润的日子。那些日子,散发出荔枝的甜香,温柔地穿越岁月的肌肤。她们安静地红着,难以想象哪一颗内心会充满羞涩,哪一颗会是落落大方。

此刻,除了颗颗晶莹的日子,谁能淹没太阳的温暖和隔山隔水的马蹄声?

穿越时空,宫廷乐队演奏的《荔枝香》仿佛还在回响。而那些沁满汗水、泪水的荔枝,在一千零一只满盛过贡酒的杯盏中,泛起了甘甜而涩苦的微澜。

穿越时空,那些依旧鲜艳在时空里的荔枝,和我们的血统绝对有关。在生命坚韧的枝头,先祖的名字,在一簇簇发达的阳光丛里,结出了水晶般的果实。像令人垂涎欲滴的欲望一样,载入了人们顶礼膜拜的史册。

尘归尘,土归土。走出昨日梦境,回望长安:重重的青山,锦绣叠翠;雾霭朦胧时,朱门千扇渐次开启,却抖落了一身轻虚的红尘。

倘若再要谈笑岭南荔枝的余味,请叫衣袂飘飘的爱妃挥鞭打马前来。

夏莺千啭弄蔷薇

菱透浮萍绿锦池,夏莺千啭弄蔷薇。
尽日无人看微雨,鸳鸯相对浴红衣。

——杜牧《齐安郡后池绝句》

荷，在水一方。碧绿的裙裾迎风飘扬，在一匹柔滑的绸缎中，已无需更多的色彩。

风吹来清凉的阳光，此时季节在诗人的眼里，只剩下荷香一片。满池的浓荫里，燥热的心情缈无萍踪，是谁无意的一瞥，定格了一朵粉红的夏。

鸣莺将蔷薇裙裾展开，又是谁将诗人的思绪飘散？

喧嚣的季节，清纯的热爱多么迷人。谁能看到冰清玉洁的容颜，谁就能读懂那一尘不染的情怀。

一脉浅浅的心香，在叶上随风而晃。雨水调皮的手，呵护着一朵含苞绽放的爱恋。美丽的年华里，荷香曾弥漫青春的双眸。在清风快乐的舞蹈中，羞怯的面容越发俏丽可人。

有谁知道，花开之时，七月已将那些扯不断的思念，在水湄之下节节生长。

踩过月色，走过风雨，就无意绕开了孤独的怅望。那些碧绿，托举着一抹妖娆，不妒百花，独自绽放。

也许在梦境的边缘，那一片绝美的焰火，让铺在水面的月色分外清香。

在水中站成一个绰约的姿势，就是今生最美的时刻。

仿佛前世的约定。诗人失手打开了花蕊的秘密，以虔诚的姿势倾听风的乐曲、露的歌谣。且不管是盛开，还是芳菲在诗行里的花魂。

其实，除了诗人还有一对戏水的鸳鸯，在这幽寂的时刻，可看到一朵诗意的独放。

只有心如流水的人，只有怀藏荷香的人，才让微雨和阳光，让一池生机，开出最美丽的人生。

山中习静观朝槿

积雨空林烟火迟,蒸藜炊黍饷东菑。

漠漠水田飞白鹭,阴阴夏木啭黄鹂。

山中习静观朝槿,松下清斋折露葵。

野老与人争席罢,海鸥何事更相疑。

——王维《积雨辋川庄作》

时雨连绵，天阴地湿，素来轻缈的烟火而今愈发显得厚重。

静谧的丛林深处，农家炊烟，缓缓升起。时光在这片幽远的密林失去了以往的速度，迈着悠闲的步子，耳闻一家一家劳作的号子。

清晨的露珠，还在枝叶上滴溜溜地荡秋千，田间的男子早已汗流浃背。阳光当头照，洒在竹林里的碎银窸窸窣窣、斑斑驳驳。不一会，女人家蒸藜炊黍，饭菜都做好了，牵着孩童，把香喷喷的午餐送至东边田头。

生活如此简单而恬静，也许这就是真正的烟火人生。

看吧，水田漠漠，白鹭轻掠，或青或白的平畴，一派生机盎然，意态几多潇洒闲静。听吧，忽远忽近，蔚然森秀的树林中，歌喉甜美的黄鹂互相唱和，欢快地奏响一支支轻快的舞曲。雪白的白鹭伴着金灿的黄鹂，苍茫的水田依着幽森的夏木，郊野的风物，尽显一派怡然与自得。

这就是辋川，生活里最真实的画意诗情。

我似一只林中栖鸟，朝夕目睹木槿的花开花谢，静静体悟着人生的方圆短长。听山人传言，霜露时节的绿葵最鲜美，我到时会摘下一把，素食清斋，好让自己保持肉身与心灵的洁净。

或许这山中才一日，人间已半年。尘欲杂念皆是身外之物，且让我远离喧嚣、修得静乐于此吧！

何处是归程？辋川，最得意。

古老的故事还在言说，野老与凡夫的争执还在上演。而此刻，我比白鹭更加淡穆恬然。那些费神劳心的戾气，还是不宜渗进这世外桃园。

田园安然，吾便心安。

欸乃一声山水绿

渔翁夜傍西岩宿,晓汲清湘燃楚竹。

烟销日出不见人,欸乃一声山水绿。

回看天际下中流,岩上无心云相逐。

——柳宗元《渔翁》

荒野在天际，在时光深处的流转中。

渔翁的生活，注定了隐逸与淡淡的诗意。傍晚收网归来，披一身霞光，满脸捕获的快意，倾听山水的低语，直至拂晓微曦。

泊船在岸，西山落水，随意择取一块岩石息宿。多年以来，此翁融合成了江边移动的景致。一见侧影，感慨系之。

拂晓朦胧，晨光清朗。汲取清澈的湘江水，以楚竹为柴火做饭，自得其乐，怡情悦心。

湘水之畔，水雾迷濛。眼见模糊的身影刚刚清晰可见，转眼间，只剩下一缕炊烟袅袅升起，慵懒而无所顾忌。

阳光，在扫荡缭绕的烟岚。渔翁已不知所处，只听得船橹欸乃一声，忽然之间，就鲜活了绿水青山。

许多时候，优美的景致与清幽的宁静，不正是我们内心的期许，不正是渴念的一次惬意的呼吸吗。

但愿常与此翁相伴，置身山野，成为一处自然之景。

而一转身，沙滩白浪已远去。滚滚江流、悠悠云影，天际那边，一叶扁舟顺江而下，化为一朵远去的浪花。

也许行走一次，举目或低眉，呐喊或缄口，沉重或轻飘，所有的姿态都无须展示。

唯有倾听和吐纳，你才是最真实的自己。清涧如山泉，寄寓山水，明眸净心，此番情意但愿长留于此。那些寥落衰败，那些苦闷压抑，那些逝去的抱负，但愿都失色于这淡雅的堤岸。

回眸处，只有岩石上的白云依然来去轻缓，无心追逐着闲逸。

碧玉盘中弄水晶

脸腻香薰似有情，世间何物比轻盈。

湘妃雨后来池看，碧玉盘中弄水晶。

——郭震《莲花》

花仙子遗失了她的舞鞋。而鞋，是水晶制作的。

她映在水晶鞋上舞蹈的倩影，独占了谁的心扉？

夜莺，张开清亮的歌喉，歌声就是黑夜的水晶。那清脆的空灵之音，惹得一池莲都羞涩了，都泛出了红晕。

雨后初霁，绿叶上滚动的水珠也是水晶。那些透亮的心情，随着阳光一起明媚、一起飞扬。

两颗心之间的距离，好似水晶，晶莹剔透，纯净又冰洁。

即便再遭遇岁月的风雨，也无须惧怕。因为，我们拥有了水晶的坚韧。

花朵，一直细腻着清香，好像多情有加。人世间，还有什么东西比莲花更轻盈呢？

雨后，湘妃移步来池中赏花，她明眸似水、浅笑如花，就像在碧玉盘中玩弄水晶一样惹人喜爱。

即便滚落一颗，被岁月的风尘湮没，也无须惧怕。

因为，我们拥有了爱的坚韧。

清光似照水晶宫

皎洁圆明内外通,清光似照水晶宫。
只缘一点玷相秽,不得终宵在掌中。

——薛涛《十离诗·珠离掌》

走出屋外，才发觉月亮是有味道的。

从白天到黑夜，从北到南，忽觉水晶能护佑人间的清风。

一颗流星，划过天际。在那转瞬即逝间，残剩的隐私被谁误读？

"别在我唇上找你的嘴，别在门前等陌生人，别在眼睛里寻找眼泪。"

远方的一段尘缘，也似一座水晶砌成的宫殿么？

其实，我喜欢那些滚动在时光草尖上的水晶，虽然细小似泪珠，但容不得一丝污秽。

苍茫尘寰，人的欲念不过是皎洁月色里的一星点儿杂质，最终将飘落于尘埃，湮没于尘埃。

伸出双手，手心里竟握不住一缕星光。

站在黑夜的巅峰，我只能小心翼翼地叩问：可否用一叶露珠作原料，为我打制一把水晶壶，每当我举杯，就能对饮成三人？

别有天地非人间

问余何意栖碧山,笑而不答心自闲。
桃花流水窅然去,别有天地非人间。

——李白《山中问答》

风在树与树之间穿梭张望,眼神里闪过着碧山的翠。

无须临摹,也无须画地为牢。阳光很轻,笑语也轻呢。

谁正心怀惴惴构思着飘落的桃花?脸上流动的红晕,脚下打滑的青苔,碧山吐纳的蓝色的气息,慢慢渗入时光深处。

观望的风,成了最好的媒介。守在静处,守在绿的深处,这是一场心甘情愿的坠入。

碧山不空,情怀依旧,还忌讳什么呢?

流水不言,青云不语,唯有内心的闲适,波浪一样自由舒展。

绿色中绽放的笑容,含蓄而动人。那些流落红尘的媚俗,让它们暂时存活吧,一些甜蜜与生死,就听凭时间发落。

风来,落红满径。绽放与凋零,哪一样都栩栩如生,脉脉含情。伴着流水,灵魂如莲花一般纯净,我始终保持叶子般的平静。

幻想里的桃花,还是开在了一顷碧波上。日光漫过来,便有了金子一般的色泽。

一次远去,一次缤纷的远去,非得要用语言来表达内心的真实与坚定吗?这尘世,有悠然的去,就有悠然的来。

栖居山野,安宁是如此的辽阔,美了人间。

溪上玉楼楼上月

吴兴城阙水云中,画舫青帘处处通。

溪上玉楼楼上月,清光合作水晶宫。

——杨汉公《明月楼》

站在手可摘星辰的楼上，俯瞰美丽的溪流和画舫。浸在云水中的月光，仿佛让周围的一切镀上了水银。

江南，月色醉于透明。

诗一般的树叶，随着清风，玲珑起舞。

苏醒的记忆里，用无色水晶制成的器皿，能避邪、能挡煞，能纠偏所有弯曲的影子，能护佑平安。

身在异乡，能遇到一块水晶石，当是一种吉运。此刻，我想开启水晶的吟唱，给受伤的诗歌疗伤。

明晃晃的月亮，像一只水晶手镯。

这只透明圆润的镯子，隐藏着故乡的影子。

站在手可摘星辰的楼上，我愿继续滑向水晶的内部，让故乡也种满童话。

身在异乡，看一只小蜗牛背着行囊，在星光下长出了水晶的翅膀。

第三辑 秋月玲珑

却下水晶帘

玲珑望秋月

——李白

玲珑望秋月

玉阶生白露，夜久侵罗袜。

却下水晶帘，玲珑望秋月。

——李白《玉阶怨》

从唐朝到现在,是一次穿越;从南到北,是一次穿越;从白昼到黑夜,也是一次穿越。

露水,悄然打湿了玉石砌的台阶。

从暮色穿越到月色,寒意似乎更重了。

深夜的思念,浸湿了厚厚的罗袜。返身回房放下水晶帘子,依旧伫立窗前,隔着帘子凝望朦胧的秋月。

时光的隧道,如此阔大又是如此窄小,竟装不下一支玲珑的歌谣。

歌谣里的水晶帘子,洁白似雪。今夜,在哪一级玉石砌成的台阶上,一颗玲玲剔透的心,让足音泄露出掩饰的落寞?

有一种等待,无关世态炎凉;有一种幽怨,无关阴晴圆缺。

智者云:似月怜人,似人怜月;若人不伴月,则又有何物可以伴人?

月无语,人也无言。

当屋外的月亮,照亮我的痴心,只有案头的那一把旧银器,散发出的幽光正在与独居的时光眉目传情。

江清月近人

移舟泊烟渚,日暮客愁新。

野旷天低树,江清月近人。

——孟浩然《宿建德江》

江天月色，暮晚新愁。泊在烟雾渐笼的暗色舟船里，一抬头，就送走了最后的余晖。

原以为，碧波荡漾的轻雾，多少能够消隐一丝丝羁旅的劳累。

而夜色正密。野外的生灵，静悄悄地低吟了一首诗，一支歌。

墨色淹过树枝，淹过翻江倒海的白昼。此刻，守在堤岸，也好过漂泊一生的摇晃。

灵巧的叶脉，映在我珍珠似的眸子中，亮光洗过明澈了眉睫，安妥了心绪。

是谁说过，心如琉璃？

心，如琉璃。静谧的夜晚，客居他乡，旷远清长的湖景，多想亲近，多想掬起一捧淡淡的月光，慰藉那些如同我一样漂泊无依的背影。

天际低垂，压过整个江面，这种被压抑的感觉，步步紧逼着找寻出口。

可我，不言语，不可言语。

建德江边，我轻身一跃，轻易就找到了内心最初最纯真的洁静。安放在大树底下的床，身旁满是盘根错节的树根，坚实而稳当，虽然并不平坦。

可是，令人心安。

朦胧的江夜，也在郊野苏醒了。清秋，凉意融进肌肤，愁思又新添了一缕又一缕。

清江无涟漪，请在今晚，抚平一个旅客的忧愁与不眠吧。

八月洞庭秋

八月洞庭秋,潇湘水北流。

还家万里梦,为客五更愁。

不用开书帙,偏宜上酒楼。

故人京洛满,何日复同游?

——张谓《同王徵君湘中有怀》

都说湘水柔情，绵延悠长。其实，这是因为一路北上的湘江，途中遭遇了美丽的洞庭秋波。

作为游子，多少回不是被愁思与牵念绊倒在梦里或梦外呢？

一纸薄薄家书，就是黄金万两也难求呀，就是铁汉铮铮也难以不为之动容呀！朝廷浩繁的书库里，可又有几封书信能得以存留呢？

今朝收信，喜极而泣。还不忍马上展开来读，生怕弄皱了这满纸的情意。秋日宜兴，邀约好友登楼举觞，何不来个把酒言欢？

都是外乡旅人，姑且先收拾好满腔羁旅中的烦闷吧。主客畅言，无须佳肴。今朝有酒今朝醉，且不管明日他乡的路途遥迢。

思家的愁绪，还是在酒盏里沉沉浮浮。那就暂且把这歇息的地方当作故园吧！他日我为游士时，故人再相迎约。

京都和洛城，皆有情同手足的兄弟。现在，何不趁着酒兴来个商定，大家来年再赴约期？

月下相邀，月光和我同抱一壶好酒，杯里那悠长的滋味，犹如潇湘之水，烟波浩渺。朦胧间，轻风又纱远了心中的幽思，湿了哪家的丝巾，明灭了哪家的灯火呢？

万里之外，只有你能感触我切切的乡思愁绪。泪光里，我也能清楚地见到你挑灯的颤微，恍惚能听到梦中那声声唤我的乳名。

青枫霜叶稀

摇落暮天迥,青枫霜叶稀。

孤城向水闭,独鸟背人飞。

渡口月初上,邻家渔未归。

乡心正欲绝,何处捣寒衣?

——刘长卿《馀干旅舍》

暮色降临时分，我正在念想着那一叶青枫。此刻，和枫叶相依的，我想一定就是晚灯初上时的渔歌。

渔歌，正静泊在孤城的港湾里。夜幕里升起的，是我对故园拳拳的思念。

夜幕上显影的是母亲每日黄昏的眺望，是心爱的姑娘捶捣布衣的背影，是餐桌上总是预留着的那一对碗筷。

今夜，我也开始学习在水边踮脚眺望，满心企盼那一舟渔火的归来，带着一整天的收获。

很久以来，水面上的月色也一并归入了我潜藏的记忆，和着余晖入江后残留的温情，似酒一样历久香醇。在此客居数日，莫名就忆起那艘小渔船，忆起水边伊人捣衣时偶尔回头时的恬笑。

夜深人静时，闪烁的渔灯就是我的一杆垂钓，上钩的不是水草或鱼儿，而是满眼的泪光。

漂泊他乡，身体安顿之所毕竟不是心灵栖居之地。夜色里，有一只漂亮的鸟儿，憩栖在离窗口不远的枝头，倾听着那丝丝缕缕比夜色更浓的乡音。可此刻，它已忍受不了我每夜的辗转反则，悄然而去。

黎明时分，我将横过津渡。

滔滔不绝的江水，请吞噬我无尽的乡愁吧！

蝉休露满枝

客去波平槛,蝉休露满枝。

永怀当此节,倚立自移时。

北斗兼春远,南陵寓使迟。

天涯占梦数,疑误有新知。

——李商隐《凉思》

秋色深深。纷飞的落叶，旋出一片萧瑟的氛围，让人徒生苍凉。

挂满寒露的枯枝，仿佛是一位勇士，为秋天作最后的坚守，更把一份思念与温暖，蓬勃在游子的心中。

那个瘦削的身影，梦里依旧伫立在春天的水湄。而今，默默仰首，独望大雁南飞。那离群孤雁的一声鸣叫，突然惊醒悬在风中的思念。

光阴的碎片，在风中飞扬。一年一年的秋风，自北向南吹来；一年一年的守候，自远方的信笺开始。

一抬眼，又是一度清秋。一场寒风，让青涩的思念渐次成熟。

一瓣一瓣酸甜的心事，就藏在梦的暖色里。还是让风裹紧松散的日子，将生命的温馨凝聚在枝头，像内心的一朵火焰，在凉意里扑哧跳动。

在季节的低处，那些跌宕的蝉鸣，那些纷扬的落叶，甚至是水面上微小的涟漪，都渴望平静下来，且能沉到禅的心境。

一抬眼，又是一度清秋。风将一只大雁的翅膀展开，天空就更高远了。辽阔的苍穹，映衬季节的安谧，像一面透彻的镜子，映照天地日月。

岁月的渡口，总有一双性急的眼眸，在眺望着那一叶帆影。

白日落梁州

调角断清秋,征人倚戍楼。

春风对青冢,白日落梁州。

大漠无兵阻,穷边有客游。

蕃情似此水,长愿向南流。

——张乔《书边事》

大漠的清秋，大踏步而来。

旷野茫茫，一眼放去，落日西沉，残阳如血。

梁州，渐凉。清冷的秋风吹向征人，那烽火楼上倚着的，不是急切的眺望，而是中原汉子眼中的一丝惆怅。

多少年来，广漠无垠的沙场，旌旗翻滚，见过多少胜利与溃败。而今，一切宛如安详的老兵，时光沉静地掠过眼角，或急或缓。

尚记得昭君出塞的萧瑟。可今日，即使春风吻遍梁州，青色坟茔也丝毫牵不出半朵涟漪。

没有硝烟的大漠，所有的沙子只能俯身等待或者追忆。

也许，某一堆沙丘曾阻挠过敌兵的攻击。也许，那把折断的利剑，还刺在沙地的背脊。

旷邈如云，一个在天一个在地。拼杀如今已消散，更多的是背着行囊徒步旅行的游者。他们摆弄着相机，捕捉那一刻的景色，却无法捕捉到当年的滚滚狼烟。

连一丁点儿烽火味，都闻不到！

距离之遥，空白之地，也许才是真实的自我与对手的审视点。

在这里，看着、听着、走着，慢慢地就敢于面对自我了，就简单了、纯真了。

称之为藩国部落的大漠，还有一条清秀的河流，在哈达般地柔情款行。唯愿众多民族的情谊，好比这一脉小河，从北向南，源远流长。

春去秋来，依然在此浇灌着所有渴望温情的灵魂。

待到黄沙淹埋边关的足迹，朔风吹老的只是容颜，而不老的总是心底的那一缕牵念。

秋山又几重

十年离乱后,长大一相逢。

问姓惊初见,称名忆旧容。

别来沧海事,语罢暮天钟。

明日巴陵道,秋山又几重。

——李益《喜见外弟又言别》

阔别——

一别就是十年。战乱纷飞的岁月，流离失所的人群，历经沧桑后早就将那些渴盼平安相聚的心思深埋。

回忆——

也许十年后，乡音已改。而依稀可辨的面庞，在相逢的瞬间，血肉相连的亲情，依旧能够唤醒故园的记忆，那些乐趣和光景，依旧鲜活在心底。

重逢——

激动的时刻，温暖的话语，总定格在重逢的瞬间。

在一方陌生的水土，偶遇依稀熟悉的身影。我的表兄弟呵，你也在这里。他乡异地，路途迢迢，这样突然的相遇，心里涌生的全是惊喜。

加上如此可心的秋日暖阳，这样的邂逅，多少年后，心底的情义依旧浓郁。

而那年分别之时，我们都还是小毛孩呢。

叙旧——

夜幕四合，掌灯来叙。山寺暮钟敲响，阔别十年，该有多少话语想要倾诉和交流，秉烛夜谈可至天明。

沧海横流，各自飘零，该遭遇怎样的人与事？那些千丝万缕的变迁，那些悄然更替的容颜，那些慢慢散进时空的年华，如今都可一一倾吐，无须避讳。

人情的冷与暖，远空的霜与雪，皆在夜色里燃烧，最后冷却为灰烬。

别离——

我的表弟，你说巴陵的古道还在等着你。重山阻隔，聚散何至于如此匆匆？秋光胜景，实在敌不过来来去去的四季。

遍山秋色，又给别离平添了几重愁思。

余响入霜钟

蜀僧抱绿绮,西下峨嵋峰。

为我一挥手,如听万壑松。

客心洗流水,余响入霜钟。

不觉碧山暮,秋云暗几重。

——李白《听蜀僧濬弹琴》

清澈，还是清澈！

蜀道难，流水本真。峨眉峰的蜀僧怀抱绿绮琴，缓缓向西而行，悠游自在。

世间有一种寻觅，叫做高山流水觅知音。

万壑高松，清风入林。高僧一挥手为我弹奏的名曲，瞬间就拉近了人与人之间陌生的距离。

心与心的顿悟、融合，此刻一并隐匿在袅袅的琴音中。

许久不曾轻快的步履，还是迷恋着山野之路，仿佛只有高山流水，才能涤净半生的尘埃污垢。

游走在琴弦上的素指，时而宛若潺潺溪流，时而宛若叮咚幽泉，时而轻柔缠绵，时而清明欢畅。跌宕的心，正悄然开怀，欣然接纳着天籁般的圣浴。

很多时候，顿悟总是在僻野之乡。修葺的山岭，依然似一个导师，牵引着我发散的思绪，穿越蜿蜒的群峰。

每一叶青绿，每一树虬枝，每一根紫藤，都吮吸着这一份余韵。而所有滋生的醉意皆起于朦胧，所有的沉浸皆起于欢喜。

而时光，趁意识薄弱的空隙，毫不留情地捆缚了飘忽的山岚。

不知不觉间，秋风牵来暮色，轻柔地挂在枝头。

天边的云彩，喑哑了秋天的霜钟。

而在琴音边漾开的水流，彻底将我淹没。

隔水问樵夫

太乙近天都,连山到海隅。

白云回望合,青霭入看无。

分野中峰变,阴晴众壑殊。

欲投人处宿,隔水问樵夫。

——王维《终南山》

深山不问路，就顺着山道蜿蜒，安放自己的足迹。也不觅寻风物，随心所致，让一切安乐都复活。

遥眺，高耸入云的太乙山峰，峻拔磅礴，傲然巍峨。作为终南山的主峰，俊朗屹立于群山之巅，耸入白云蓝天。那份高险，连抬头望一眼都会发晕。

而绵延千里开外的群山，宛若太乙峰的衣袂，飘然似仙。青峰加翠谷，顺着视线早已迈过了海天之隅，不知所以。

沉静的终南山，以其博大的胸襟容纳着尘世的沧桑巨变、人世盛衰。一副亘古如斯的姿态，始终安详地接纳变幻莫测的风云。

临境，才猛然发觉，茫茫云海前是蒙蒙青霭，茫茫云海后又是漫漫浓雾，一重盖过一重。

其实，游客此时才是开山的刀斧，一拨一拨劈开大山湿重的雾岚。

不知脚下的路通向何方。这种感觉却并不茫然失措，反而获得一种宁静平和，只是循着自己的感觉，如鱼儿一般恣意地游来游去。

伫立在此，通体旷达舒畅。容身在山间，融心在清新的呼吸里，即便是山崩地裂，也甘愿长眠不醒。

此刻，高山仰止才真是入心入微。

仰视苍穹，中峰正处在天际南北分野之处；俯瞰众多山壑，或晴光朗照，或阴影笼盖，无不呈现自己独有的绰约风姿。

山外，阴晴不定的天色，早已失去感光。素描似的沟壑和山脊，或显晴淡或收阴浓，全不在主观的意念里转换。不知天色早晚，也不知时空轮替，还是早一些询问山中樵夫，哪里有可供夜宿的人家吧。

一个厌倦世俗的人，终归可以在山水之间觅到自由和宁谧，可以安顿好自己的身心。

把酒话桑麻

故人具鸡黍,邀我至田家。

绿树村边合,青山郭外斜。

开轩面场圃,把酒话桑麻。

待到重阳日,还来就菊花。

——孟浩然《过故人庄》

每一寸绿地，每一星泥土，都是田园的小精灵。

清韵幽绵，所谓的诗意生活，大概也蕴涵于此了吧。

如水一般的君子之交，曾经也深深触动过那颗被浊污过的心。而就是这般简单明了，青山小寨的田园生活，深深吸引着渴盼回归的脚步。

一盘地道的土鸡，一壶纯正自酿的米酒，敞开窗户，将巍峨的青山油画一般定格其中。金灿灿的谷子在粮仓里堆积，鸡鸣犬吠不经意间绕过耳际，一切多么美好。

酒杯不见底，家常话也叙说不尽。平淡寻常的日子里，我们谈论着桑麻的丰收和无法掩饰的喜悦。

主人如此盛情款待，老友把酒相叙。所有曾经的孤苦寂寥、漂泊无所依的悲愁，还有什么不可化解？

村外，一排排树揽翠挽绿，自由地舒展着枝条，迎着秋风也忍不住风韵一把。斜阳欲坠，寻常巷陌，在余晖里愈显旷远与宁静。

菜畦里可人的瓜豆蔬果，栅栏外穿梭的小兽家禽，大抵上谁也无法抗拒这和谐而祥宁的乡村场景吧。

此生最大的愿望，就是融入其中，做一个衣食无忧的隐者。

待到重阳时节，我还将不请自来，再一起品菊畅饮，一起邀月踏歌。

投诗赠汨罗

凉风起天末,君子意如何。

鸿雁几时到,江湖秋水多。

文章憎命达,魑魅喜人过。

应共冤魂语,投诗赠汨罗。

——杜甫《天末怀李白》

凉风乍起，萧索凄清的景象笼罩着整个天地，末日般的郁结难以得到化解。

寒意紧逼。江畔独行，最不能捂热比冷水更冷的心。

怅然远望，云絮阴濛，昏暗的白昼写满伤感。想着人海苍茫、世道凶险，无限的惆怅又凭空而起，脚步欲行却慢，心中的郁结更加沉凝。

不知我心中惦念的故友，如今怎样了？

自古逢秋悲寂寥。人间的秋景，渴盼能多增一份温暖多添一缕馨香。

虽然我们遭受着相同的厄运，但你更甚凄忧。我这一份遥致的至诚问候，不知能否安慰你愁苦的心。

江湖水深，而秋风更紧。刺骨的寒意，在无端揣摩一个诗者，一个失意者的眼神。

鸿雁南飞，几时才能将书信送达呢？潇湘洞庭，秋水怀人，楚歌滔滔，望断天涯而风浪不息。

文才出众者，自古多舛途。命运悬于一线，遭算计而流放投江于汨罗千载冤魂的屈子，何尝不是饱受折磨，空怀一腔愤懑！

前贤已是随流水东去，那里似乎有更宽广的领域可以驰骋，可以施展抱负。

而那些魑魅魍魉，其险恶的心机，终将毁于刻意的安排。命定如此，自酿的苦酒只能孑然自饮。

我的老友呵，你付诸笔端的忧患，也是赠与汨罗的一纸情殇。想必被江水洗净的灵魂，百转千回之后，也在借诗篇诉说心中的冤屈。

唐诗写意

水寒风似刀

饮马渡秋水,水寒风似刀。

平沙日未没,黯黯见临洮。

昔日长城战,咸言意气高。

黄尘足今古,白骨乱蓬蒿。

——王昌龄《塞下曲四首·其二》

长城内外，多少烽火台，曾经戚戚然。而那些鏖战的岁月，至今痛彻着垂老的目光。

秋日的黄昏，平沙广漠，我曾目睹一身单衣，牵着一匹瘦削如斯的战马饮水河边。

水寒刺骨，秋风瑟瑟如剑似刀，谁能安然渡河？

暮色一步步逼近，谁也没有加快行进的步履。

此刻，广袤的沙场，尘土飞扬，在余晖掩映下，漫天尽是黄金甲。遥远的临洮，在昏暗中似乎近在眼前。

暮色还在继续加深，我守在沙堆旁，不愿离去。

深秋毕竟不饶人。刺骨的寒风想刮去蔽体防寒的衣物，尽管寒气正在逼人就范。而此时，思念却在升温。

昔日，长城的一次浴血鏖战，可曾记忆？

都说戍边的战士个个意气风发，士气高昂呢。那恢宏的场面，那城墙内外厮杀的战火，甚至存与亡全都可付诸一炬。

滴血的历史不再重演。自古以来，黄沙弥漫的大漠，就是兵戎对峙之地。而今和平了，没有血光四溅了，那些把生死置之度外的魂灵，可知如今又至晚秋？

是的，时令已是晚秋。是伤怀感时落寞之情发酵的时候了，平沙落日下，尘埃弥漫，遍地毛草枯黄，白骨铮铮，一幅触目惊心的景象。

此地不可久留，我们还是一起祈祷和平的钟声吧。

天涯共此时

海上生明月,天涯共此时。

情人怨遥夜,竟夕起相思。

灭烛怜光满,披衣觉露滋。

不堪盈手赠,还寝梦佳期。

——张九龄《望月怀远》

在月华如练的夜晚，潮汐在梦中无端地升起又翻涌开来。

天涯成咫尺。大海的那一端，一轮皓月正慢慢透出襁褓，冉冉张望着这个阔无际涯的世界。

此时此刻，想必千里之外的你，也一定在同样的时间怀着和我同样的情怀，共这轮明月，遥寄相思，举杯同饮。

仿佛你的眼神、你的泪光，你的怨恨、你的期盼，一瞬间就裹紧了我这单薄的身躯。

其实，我与你一样，恨不能在如此安谧的夜晚牵手赏月、并肩而行，叙说那些或凄美或馨香的露水，怎样在今夜的叶子上滚动。

月华皎洁。我却躲在思念的时光里，暗自落泪，彻夜不眠。

烛光熄灭时，信步走到屋外，长久地仰望这当空皓月，思绪的碎片便瞬间零落一地。

夜更深，露更凝。随身的衣物浸润了这潮湿的凉意，紧紧地贴在我的身上。

此时相望不相闻，还是寄寓最深切的问候给至亲。天涯何处，我心怀乡，满腹的话语，待到相逢重聚，细诉人孤思苦。

相距遥远，我多想满满地捧一把银光，亲手送给远方的伊啊！

却无法成梦。

不如回床入梦。在梦里，我还可与你相遇重逢，再就着盈盈余晖，细细将你打量。

大漠孤烟直

单车欲问边,属国过居延。

征蓬出汉塞,归雁入胡天。

大漠孤烟直,长河落日圆。

萧关逢候骑,都护在燕然。

——王维《使至塞上》

孤车辗转，似一枚黄叶在风声里游走。

声响附落尘埃，关于春天的背景节节败退。塞外，我如一棵孤独的蓬草，开始与落叶称兄道弟。

漫天黄沙混沌了单纯的岁月。远过居延的属国呵，猎猎风尘之中，你是否安详如昨？

苍穹浩渺，马蹄接受尘沙的洗礼，一遍又一遍。今夜，孤独注定如一块生铁，压在胸口生生作痛。

尽量将油灯拨一小点吧，因为我还要留些微光去照看我戍边的兄弟。他们一直驻扎在漫漫黄沙之中，肋骨间绽放的，是对故国满腔的爱恋。

一路风尘。沙漠里的蒺藜，与黎明在争夺一杯阳光。是谁夺走了我内心的一抹绿色与温暖，又是谁在这漫漫边塞放逐了我的忧伤？

我和自己在风沙里对弈。进入凉州以北，所有的喧嚣不露声色，只见一缕孤烟犹如白柱直插云霄。风吹散了沙，吹散了云朵，却吹不散这擎天的凝望。

江山寥廓，黄河如一条巨大的绸缎横贯其间。行走的人，一边咀嚼大自然的壮观与雄伟，一边目睹黄河边那轮浑圆的落日，怎样从容不迫地谢幕。

抵达萧关时，有人拍马前来迎候。故人相遇，乡音温暖。没有捧出桂花酒，只淡淡一句："都护在燕然"。瞬间，就让我泪目。

只是有丹枫

酒薄吹还醒，楼危望已穷。

江皋当落日，帆席见归风。

烟带龙潭白，霞分鸟道红。

殷勤报秋意，只是有丹枫。

——李商隐《访秋》

风吹着树，吹着草，吹着云，吹着美好也吹着忧愁。

秋天了，我总以为会收获果实或金黄的稻穗，哪怕是故人一个单薄的背影，可惜都没有。我的窗户打开经年，墙上的影子都能说话了，可惜还是什么都没收到。

唯有风，灌满了我离家时的那件旧袍打满了补丁。

好吧，一切都已定格。还等什么，酒壶是半满的，杯盏是空的，端坐秋风中，杯底已无波澜。隔世的目光里，有些事物开始摇晃，沉淀在心中的甜蜜、羞愧、欢喜以及难过，都好像被石子压着，又好像飘在云端。

好吧，就让自己顺着酒香上升或下沉，那些想象中的事物，都会纷至沓来。还来不及伸出手，云朵飘逝，万物隐退，唯有古旧的忧伤重新绽放新颜。

已近傍晚，低处的楼台、草木都被蒙上了一层黛青色的纱幔。而江边的高地被余晖映照，橘黄的霞光温和地投下来，像阔别多年的朋友递过来的探询。

余晖越来越淡。河里的帆船沉静安然，如一只待归的候鸟，等着季节的号令。

船帆往北，水汽氤氲。雾霭轻起，一只水鸟剪开迷雾，展翅远去。

风吹着万物，吹着两岸的枫叶成为了另一片晚霞，不浓不淡，恰如这适时而止的秋意。

闲倚一枝藤

残阳西入崦,茅屋访孤僧。

落叶人何在,寒云路几层。

独敲初夜磬,闲倚一枝藤。

世界微尘里,吾宁爱与憎。

——李商隐《北青萝》

太阳缓慢地告别崦嵫山正刮着的风,告别正准备归巢的鸟,以及此刻正披着霞光的一切。

斑斓的余晖,让大山有了别样的风情,像一个故事的结局,无言相对,却又余韵绵长。

大山拿出意想不到的热情,树枝柔软,草香弥漫,山风拂袖,门前小径上落叶金黄耀眼。小小的茅屋,宛若彩云包裹,金毯引路。

此时,适合驻足,心静便无尘。

黄昏徐徐而来,山中寒云厚了几分。重重山径仄进寒云里,往昔的足音也被一并裹走,而未归家的僧人将从哪里来?环顾四周,佛不说话。

隐约中,有敲击钟磬的声音传来,隔着风,隔着雾,其声依然清脆入耳。在这寂寂的山林里,这钟声如远方传来故人的消息,令人温暖;也如迷茫中智者的指引,让人顿悟。

循声而去,只见高僧悠然自得,神定气闲,一手敲打钟磬,一手拄着枯藤,似立非立,似睡非睡。疏林晚钟,清音萦耳,尽显空透、澄澈、禅意。白天走了多少路,换了几盏茶,遇见了几个人,皆随风散了。

独享这静清悠长的时光,将失望与获得、虚情或假意,都当做自然的馈赠吧。落叶重回到枝头时,可以称新生;枯藤再绿时,可以唤作萌芽。世间万物俱在自然的法则里,听听这磬音,看看眼前人,所要的答案瞬间就有了。

踏一路清风而来,披一身薄暮而归。遇或不遇、爱或憎都已不再重要了,我顺着钟磬声的方向,看到了悬在天空中的一道微光——

这就是我此生,最为辽阔的背景。

清歌一曲月如霜

危冠广袖楚宫妆,独步闲庭逐夜凉。

自把玉钗敲砌竹,清歌一曲月如霜。

——高适《听张立本女吟》

秋霜孤月，帘外竹影婆娑。

伏案的我，循着一卷盈盈暗香，欲幽谧出半缕清歌。

恰逢一初妆的楚袖宫女，摇曳竹箫，忽隐忽现，若近若远，似有似无。已是午夜，那身薄衣能否抵御萧瑟的凉寒呢？

真不忍打扰，便不许自己靠近。姑且将俗身隐遁，生怕遗落一粒凡尘。

闲庭碎步的月色，舒曼悠游的轻风，你真是月下凌风的仙子吗？来，不必叩门，你大约是今夜；寒宫里偷渡的仕女吧？无意寻乐，降临这叶绿竹墨的凡尘。

循着秋虫蛰伏的印痕，谁在开始计算归期？哪怕只能在风声里重逢，也总该有一些温暖臣服于时间，臣服于一颗水晶般的心呐。为演绎一首楚歌，就从发髻上摘取一支玉钗作器，自敲阶下的篁竹为乐好了。

知音遭遇天籁。潜入耳廓的，是悠悠清歌，更是斑驳的泪痕，滑落无声。

在这深秋时节，寂寥的心又该如何掩饰？还是抛弃所有的铅华，端出一面铜镜，珍藏好岁月渐次散开的波纹，然后携着明月一起坠入梦乡好吗？

夜色，清凉如水。

归去，又何须横笛！

唐诗写意

飞鸟不知陵谷变

孤城上与白云齐,万古荒凉楚水西。
官舍已空秋草没,女墙犹在夜乌啼。
平沙渺渺迷人远,落日亭亭向客低。
飞鸟不知陵谷变,朝来暮去弋阳溪。

——刘长卿《登馀干古县城》

从荒芜的秋草中，我拣出一座名叫余干的古县城。像拾到一株干枯的树枝，或是一朵残存的秋菊。我无法无动于衷，也无力挽救这满目的萧索。

历史已碾碎成泥。就是掬一溪的清流，也唤不回你消逝的容颜，更不必说那一纸重阳时节，被泪光濡湿的诗韵。

无尽头的官阶长廊，飞檐翘壁的庭舍楼阁，在空腹饥肠面前，已是渐次模糊不清。

人声远，枯草残，夜乌啼，楚水寒。一些凋落终究是无法回避，就如一些适时而至的花盛开。这阒寂的风呵，怎样才能打开隐在时光里春天般的心灵？

秋风瑟瑟，渺渺平沙迷途了渐行渐远的步履；落日滚滚，长亭与短亭相连的街衢上也难见骑士策马扬尘。隔岸的灯盏，迥辽的暮色，湮没了那些蓄谋已久的说辞。只剩下幻想挨着幻想，现实挨着现实，来时的蹄印，已被月色悄然掩埋，缄默无声。

手指沾满风声，杯盏里尽是提前抵达的青霜，以及故土的烟尘。风来一次，你就难过一次。对于这个秋天来说，饕餮盛宴已是一场臆想。

那只宿命的鸟，只知觅寻自己的食物，陵谷变迁的事儿与它毫不相关。

如果可以，我就将唇际滑落的乡音再拢紧些；如果可以，我就将这场空绝的遭遇尘封再尘封。倘若还有后来人能够按图索骥，昨日的弋阳溪边，当初的青枫一定早挂满了燃烧的寂寞。

空谷怀想，竟成了一世的奢侈与珍藏。

隔江犹唱后庭花

烟笼寒水月笼沙,夜泊秦淮近酒家。
商女不知亡国恨,隔江犹唱后庭花。

——杜牧《泊秦淮》

轻轻的烟岚和淡淡的月光，都静泊在秦淮河边。

深秋的浅水，怀抱着细软的白沙。

金陵城外的酒家，稀疏的星光懒洋洋地眨着眼，好一派迷人的夜景。

轻舟荡起月色，捣碎了满河的幽静。在秋后寒湿之际，明朝的涟漪是否会犹然忆起，夜泊江岸的忧思与感慨呢？

家乡渐近，而故国欲碎。

几多风雨飘摇。红墙内外，反复被油漆过的雕梁画栋，如今已是一副颓落残败的面容。

后主已去，留下模糊的身影任人们评说。

长袖曼舞的歌女，一曲《后庭花》，更加重了我愁思的哀伤。那低絮的音弦，半是惋惜，半是淋漓，坠进飘飘摇摇的山河。

那些沉醉在享乐之中的舞女，怎会明了我心中的戚戚之慨？隔着江面，远远地就闻到了那些脂粉里的轻佻薄情。

历史，终将被重重波涛埋葬。

那些逝去的背影，却无法遮蔽横波而过的子民，也无法掠走江面的微澜与孤清的慰藉。

不问苍生问鬼神

宣室求贤访逐臣,贾生才调更无伦。

可怜夜半虚前席,不问苍生问鬼神。

——李商隐《贾生》

谪居长沙的贾宜，突然被求贤若渴的君王召回京城。

午夜，未央宫前的正室里，依旧灯火通明。一个昏君与一代贤才，在此晤谈，那遭遇贬谪的忧愁与旅途的劳顿，在相见的瞬间，似乎都得到了释然。

贾生的才华，让浩荡的星光也黯淡了几许。畅谈天地，广征博引，信手拈来，洒脱而随意。倾谈良久而忘记了时间，阔大的宣室，史上的名流墨客，能有几人得到如此的厚遇呢？

距离，一步一步靠近。在曾经莫测的高低与贵贱之间，今夜的月光许是该十分讶异了。

然而，渐渐加浓的夜色，透着一股凉意。偌大的殿堂，似乎鬼魅丛生。或狂笑或哭泣，或凄怨或飘悠，魂无所归，不禁衣袂寒彻，发冷生寒。

何处引来的缕缕幽魂呢？湿重的阴气，顿时遍布雄伟的殿宇。今夜，纵使再强劲的疾风，也吹不散这些飘忽的幽灵。

细细掂量后，也无需怪异。原来这满室的重重鬼魅，都是无根之物，均来自高堂的逐问和贾生的言说。

苍生黎民，除了沐浴这清朗的月光，更重要的是担忧生活里的柴米油盐。而置身高堂的帝王，怎能明了处在水深火热中的劳苦大众？

生不逢时的贾生啊，注定要背负着一生的疮痍！

119

唐诗写意

落花时节又逢君

岐王宅里寻常见,崔九堂前几度闻。

正是江南好风景,落花时节又逢君。

——杜甫《江南逢李龟年》

江南好风光。花谢之时，偶遇故友，偶遇一截逝去的岁月。

那时的岐王宅邸里，你的演出是多么频繁、多么精湛呵。为你搭建的高台，阔大而精致，那美妙的歌声，至今还飘荡在我的耳际。想想，当时有多么愉悦，多么开怀！

几度春去秋来，花谢花开，遇见了又别离了。

乱世飘零，颠沛流离。分离的日子，凋敝而黯然。

人海茫茫。此时，我们能重逢，能相握相拥，能呼吸彼此最熟悉的气息，于前一刻都是那么遥不可及、不可思议！

梦一般，我们找到了失散的亲人。

而眼下，江南暮春，正是风光秀丽时节，我们又巧遇了。此刻，我还能否再次听你低吟一曲呢，共同追忆逝水年华。

抚今追昔，我只不过是守在岁月渡口的一棵树，一棵孤独的梧桐。满目的斑驳，满目的伤痕，遮不住如今的繁花嫩草，纯粹而简明，细腻而美好。

处身江南水乡，亮汪汪的眼眸里，皆是一片润湿的风景。

哪怕在暗夜、在庙堂，这样的相逢，也胜过一场梦境。

一片冰心在玉壶

寒雨连江夜入吴，平明送客楚山孤。

洛阳亲友如相问，一片冰心在玉壶。

——王昌龄《芙蓉楼送辛渐》

昨夜的冷雨，淅淅沥沥之中，让吴地江天浩渺迷茫一片了。

而我，独对远山和黎明，竟然窒息到无法呼吸。无尽的孤独之感，愈来愈汹涌，愈来愈难以言说。

心，早已滑落于孤峭的山崖，而苍莽的楚山之上，我不是那只衔枝的飞雀，寻寻觅觅的途中，就慢慢独了、寂了。

清晨的烟霞，朦胧了我润湿的双目。将行将远的友人，总是来去匆匆。而我，还来不及开启尘封多年的陈酒。

此刻，急促的风儿与凛冽的江水相对无言。

秋，又深了。握着挚友的手，就觉得故乡很近，相邻很暖，连同熟悉的呼吸，我都觉得格外亲切，分外温馨。

旅途漫漫，你还将乘舟北去。而我，此刻站在高高的芙蓉楼，极目远望，祈祷悠悠的波涛替我送你平安回到家乡。

倘若碰见洛阳的亲友，询问起我的近况，请告诉他们，我依然拥有晶莹剔透的一片冰心，珍藏在洁白的玉壶之中。

隐隐孤山，可以无从寄身，但此刻定会懂得我的心境。

远在异地。伫立江畔，我会守着寂静而陌生的日子，期待着秋去春回，收获着云淡风轻。

唐诗写意

潮落夜江斜月里

金陵津渡小山楼，一宿行人自可愁。
潮落夜江斜月里，两三星火是瓜州。

——张祜《题金陵渡》

轻盈，自然，澄明。我在今夜的金陵渡口独自低语。

晚间的微风，少女般地拂过我的眼眸和发际。轻轻地、一波一波地，渐次漫过黄昏。

借宿在小小的客栈，一眼就锁住了江畔的风景。犹如空夜紧锁惆怅的星子，织网透风却滴滴含情，嵌入羁旅的眼帘。

行人稀稀落落，仿佛是我的身影还在行走，还在跋涉，还在路上。栖身之所，怎能安顿好这颗漂泊的心呢？

这苍白的墙壁，独自抱紧了我孤身的愁旅。

月下的潮落潮涨，唤醒了我血液里暗涌的潮汐。一宿羁愁旅意不曾成寐的情形，都被卷进了跳荡的浪花。

谁能够听懂浪的语言？故园和亲人，黎明与仕途，都已搁浅在沙丘。

冷冷的江水，浸在斜月的光照里。抛开烟笼寒罩的背景，忽见远处有三两点星火闪烁，清婉空灵，格外亮眼。

斜月西沉，星光和渔火交织的江面，收藏了远帆的心情。可我一直没有听到，那些隔岸相对的渔船，在晨曦还未登台之前，曾私语过什么？

将晓未晓之际，依稀可见对岸的瓜洲渔民或摆渡人，已开始点灯起床准备新的一天的劳作了。

生活是怎么一回事，这早已不是我与一江水所能言说尽的了。

一夜未眠。同样一夜未眠的月儿也累了，便沉沉睡去。更远处，分明有一缕晨曦，奋力跳出江面。

黎明的渡口，清朗与宁静合掌，相逢与别离起舞。握一把崭新的曙光，我毫不犹豫地告别了昨夜的无眠与孤寂。

唐诗写意

黄鹤一去不复返

昔人已乘黄鹤去,此地空余黄鹤楼。

黄鹤一去不复返,白云千载空悠悠。

晴川历历汉阳树,芳草萋萋鹦鹉洲。

日暮乡关何处是,烟波江上使人愁。

——崔颢《黄鹤楼》

夕阳，有诗情。黄昏，有画意。

再涂上典故的色彩，即使落魄荒败的陈迹也必是回味无穷。

汉江如白练，昔日仙人驾鹤离去，驰骋天际，一去不复返。余下江楼一座，惹人徒然伤感若失。

空空落落的黄鹤楼，只剩下四壁空墙，春秋交替任凭风雨吹打，令人怆然追怀。楼台送目，临近的白云，千百年来依旧悠悠闲闲地飘来又荡去，朝来又夕往。无心的白云，多么自得呀。蓝天渺远，柔软的云儿可随性而归。

艳阳高照，澄空流碧。远处汉阳城苍翠的树木历历可见，鹦鹉洲上茂密的花草摇曳生姿。恍惚中，汉水北岸的树木就化作了久久思念的亲爱之人，宛在眼前。和煦的阳光，给人以家的温暖。依稀间，波光粼粼的鹦鹉洲上，芳草丛中走来一身正气、击鼓骂曹的祢衡，他面对黄祖的屠刀，视死如归，血洒碧草。正是无数浪迹天涯的游子浸满血泪的付出，才构筑了无数令人难忘的故乡！

故事的余温还在，空气里还凝着一股愁情。而我，也正遭受着如此折磨，古今同慨，沦落天涯之人，同病相怜之情，一道黯然滋生。

夕阳西下，暮霭四起，烟波浩渺，一派苍茫。如果没有黄昏的归思，烟雾渐靡的江波也不会如此暗示。地理的故园，还在极目眺望更远处。滔滔江水顺流东下，暗色愈来愈深，我轻轻叩问内心，何处才是真正的心灵栖地？

愁烟漫漫，最初的坚守和执着还能否找到精神的故园呢？

物是人非，多少的壮烈与柔肠又将归于永恒。

光的背面是影。那些得意的、失意的面庞，当深夜时分面对自我，谁能不起故园情呢？

唐诗写意

桂魄初生秋露微

桂魄初生秋露微，轻罗已薄未更衣。

银筝夜久殷勤弄，心怯空房不忍归。

——王维《秋夜曲》

月华初上,银色的光辉披着碎花头巾,恣意飞扬。

风信子是一个美人,到处惹弄尘埃。只有微凉的露珠,是静默的处子。

对于银光中的花萼来说,秉烛夜游的人,仿佛带走了所有的芬芳。

簇新的忧伤,开始鼓动着一袭薄薄的裙衫。一朵叫落寞的花谨慎地开放,一片的暗影里传来嘚嘚的马蹄声。

明摆着,越来越深的秋寒是一把钝器,将时光里的温暖一点一点地切割。那些原本用绸缎包裹的完美,逐渐露出难言之隐。

恋上一朵不开花的誓言,不如将秋天还给秋天,将离去还给离去。至于那东篱之外的风声,就当作是玫瑰凋零之时的草稿。

这无尽的空旷,这无常的冷风,都由时间分娩而出。

谁在给你披上银装呢?那些被月色卷走的,终归会被月色返还。如同一个迷途的孩子,最后在星光里归来。

夜的界面,那座用孤独筑垒的城堡,是一个不规则的圆。

银筝闪亮,就是最好的陪伴。夜色扶着凄清的声音已走远了,你却保持低眉的姿势,与秋慢慢相融。

倘若还不忍归来,那么房内通宵的烛火,一定会寂寞得流泪。

待到星光全部复活,那些弥散的音符,也定会剥开隐藏的那一粒春色。

第四辑 寒梅著花

来日绮窗前

寒梅著花未

——王维

君自故乡来

君自故乡来，应知故乡事。

来日绮窗前，寒梅著花未。

——王维《杂诗三首·其一》

故乡的背影，源于一枝梅。

源于一枝梅的芬芳、淡雅与素净。

那从家乡远道而来的亲人，是否记得当初准备远行之时，我家院落里那株寒梅，正在悄然绽放呢？

这样的季节，想必候鸟早已在江南的屋檐下，筑好了栖身之所，盼着春光乍泄的消息，传递在曙光般的守望中。

昨夜梦里的画面依稀，那些在一起的日常生活，简单而温馨，细腻而柔情，仿佛就铺展在眼前。

昔日携手植下的那株梅，直至今天，必定还记得执子之手的誓言，还埋藏着最初完美的爱、最纯净的温暖。

江南多情，风景依旧。绮丽的窗花，微笑着收纳了星光的问候。透过一纸窗页，寒风中傲然怒放的梅花，曾经也映衬过闺房里那滴动人的泪珠。

不知所措的风，也曾吹来故园的消息。唯有深深庭院里，最孤寂的窗棂之花，一次次、一夜夜，无不潜梦、无不垂泪，且无不失眠。

曾激荡在心中的絮语，只能凭窗而倚，在无声的夜晚，无声叹息。

其时、此刻一遇的亲人，请你再多多诉说一些吧！那些变与不变，那些或好或坏的景况，都请再详细相告一些吧！

多年以后，远离故园的我只要握紧一缕乡音与温暖，就能昂首阔步向前。

只因一枝梅的耳语，隐约的暗香又急促了我的呼吸。

唐诗写意

能饮一杯无

绿蚁新醅酒,红泥小火炉。

晚来天欲雪,能饮一杯无。

——白居易《问刘十九》

即使在寒风肆虐、白雪纷飞的隆冬,我也能轻易寻到春天的温暖。

在暮雪来临之前,只需简单地备好自家新酿的米酒,即便是还泛着绿色的酒渣泡沫也可,再备一个吐露红焰的小火炉,用来温酒就好。

整个冬天,邀一二挚友,我将围炉对饮,畅谈古今。

生活当下,谁能在家酿告成时第一个想到朋友?谁能在风寒雪飘时第一个想到朋友?又有谁在温暖的火炉旁第一个想到朋友?

天色已晚,彼时森森寒意加重。强烈地渴望着有什么能够驱寒,能够慰藉我偶尔失落的心绪。

炉火在熊熊燃烧,整间屋子,溢满了浓浓的暖意,更融合了诗者满腔的真情。酒香扑鼻,友情倍加醇厚。

所有的一切,今晚宜共诉衷肠。

这大雪之夜,有红炉相依,有好友夜话,岂不美哉?

这其中意趣,相比世间风雪,恐怕谁也不愿舍弃。

暂且先饮了这第一杯吧。一瓶酒,一座炉,一场雪,一个人,一夜家话,一段时光。

这份怡然自得、温暖如春的乐事,这杯淡泊名利、使人微醺的美酒,消遣了孤独的时光。

夜厚灯残,我们且将一醉方休。

欲将轻骑逐

月黑雁飞高,单于夜遁逃。

欲将轻骑逐,大雪满弓刀。

——卢纶《和张仆射塞下曲·其三》

夜，漆黑阒寂。漠上荒野，一场厮杀在隐隐浮动。

谁撕破了夜的宁静？疆场外，大雁高飞，毫无方向，越过刀剑的顶端。惶然、惊恐的鸣叫，扑闪着逃离的弦音。

鸿雁哀鸣，雪花如席。再浓再密的夜色，也遮挡不住刀锋的明亮，掩护不了妄想逃离的马匹。

大朵大朵的雪，洒落在无边的寒夜里。

荒漠中节节溃退的胡骑，丢盔弃甲的刹那，雪花盖过散发着寒光的弓刀。

而我，还在眺望远方飘忽的精灵。纱帐中，袅腾的轻烟，悄然间就漫过了紧锁的思虑。

雪地上，深浅着一半的追击，一半的残喘。多想邀请午夜里跳跃的精灵，来我的纱帐里痛饮满盏的孤独。

醉不自抑，就聊且如此吧。奔跑的雪，和着征战的满腔激情，裹进了广漠的荒原。

趁着腾跃的士气，宜将剩勇追穷寇。

所向披靡的塞北，一匹轻骑携带猎猎风雪，正绝尘远去。

唐诗写意

天寒梦泽深

人事有代谢，往来成古今。

江山留胜迹，我辈复登临。

水落鱼梁浅，天寒梦泽深。

羊公碑尚在，读罢泪沾襟。

——孟浩然《与诸子登岘山》

隆冬时分，夕光沿着山林攀援，襄阳城外的岘山，枯叶在缓慢倾吐时光的盛衰。

世事变幻，斑驳的名胜古迹在喘息。春华与秋景，终究走不出时序的更替。

盛名负重如斯，余下疲惫的夕阳在山脊的那边，仿佛一直在感叹。

来来往往的脚步，去去留留的身影，匆匆忙忙的眼神，闪闪烁烁的星光，都交织在一起。白昼与黑夜的交替，积蓄着书写古与今的洪荒之力。

前辈的登临和寄语，依然铭刻于磐石的心弦。江山依旧，独立的那个背影，依旧在风雨中傲然。

那个关于羊祜的故事还在流传。最初的言说和感动，都藏在石碑的影子里，化骨为血，化血为魂。

清浅的汉水，在这里打了个弯，散发着逼人的寒气。

鱼梁州，在江水退去后，伊人般显露灵秀。

水落石出的景象，唤醒了游人的目光，惊醒了沉睡的空濛。毕竟是寒气盖世了，那无边无际的云梦泽，阴森森将残梦藏得更深了。

呼吸，瞬间窘困。压抑的感觉袭击全身的神经，几近窒息，使人无力抗击。

唯有羊公石碑，屹立在岘山之上，让人敬仰。而我这腔济世匡国的豪情，只能是空怀多情。

一字一句读罢碑文，不禁无限感伤，泪湿衣襟。

遗忘，也许只在片刻之间。

再回首，最留恋的何尝不是晶莹的泪珠！

唐诗写意

江柳共风烟

乡心新岁切,天畔独潸然。

老至居人下,春归在客先。

岭猿同旦暮,江柳共风烟。

已似长沙傅,从今又几年。

——刘长卿《新年作》

心心念念的故乡，想必早已花满庭院。

而浪迹天涯的游子，生生地将一层又一层怀乡思念之情，厚实地裹覆在瓦背，像柳絮席卷整个天庭，总是无法吹散殆尽。

黄昏时，天际的残阳、江流、拂柳，以及清冷的微风，在无声无形地撕扯着游子的心肺。

垂暮老骥，伏枥而伤。佝偻的身影，在风雨中飘摇。曾经那些细嫩的春光，都无法留住消逝的韶华，更无法挽留时光的侵蚀。

梦中的春色渲染得如此迅疾，笨拙的手脚该如何置放？

安与不安的心绪，也来得如此匆忙，连垂老的过程都显得令人深思。

寄人篱下，寝食难安，居无定所，食宿不济。时空之外，相伴的唯有山岭里的几声猿啼，或是风烟里飘荡的孤影。

新年在即，不时响在耳际的鞭炮声，催促着我回乡的脚步。而我，却不得不止步，徘徊在荒郊野外，不敢露面。

到长沙的路途还有多远呢？地图上的距离，我宛如触手可及。

而谁知道，绕开贾太傅的故居，早就注定了是天意。命定在流水江岸，命定在他乡孤旅。

泪珠里摔碎的几瓣光亮，仍可捕捉细腻入微的期盼。而今又是什么，让时间止不住在此停留？

唐诗写意

思归多苦颜

明月出天山,苍茫云海间。

长风几万里,吹度玉门关。

汉下白登道,胡窥青海湾。

由来征战地,不见有人还。

戍客望边色,思归多苦颜。

高楼当此夜,叹息未应闲。

——李白《关山月》

皓皓明月，将一大片一大片的银光交给了巍巍天山。

天山打开冰雪的内心，与之水乳交融。空气里漂浮的微尘，触手可及。苍苍云海，像一群奔腾的白马，呈凛冽之势。

当长风卸掉云层，披上清辉，以闪电的速度，一直穿越到玉门关。

戍边的人，是否要将一些什么埋进月色里。一场战争，还是那些正在吐出寒光的疤痕，抑或是一些关于故乡的呓语？

想当年，汉高祖出兵白登山征战匈奴，吐蕃觊觎青海大片河山，刀光剑影中湮没了多少生灵。身先士卒的将士，都必须学会在月色中分清敌我。那时，天上的流云总是红色的，风一吹，就与时光一起渗血。

自古以来，多少出征的勇士奔赴前方，却鲜见有人生还。这天山的翠嶂青峰，这八百里的浩荡月色，便是空惘的见证。

至于那些被惊飞的燕雀，一振翅也就没再回来。

大风推开厚厚的城门，空中有翅膀飞过的痕迹。我仿佛看到闪光的通关文牒，看到了故乡白发苍苍的乡亲，还看到了我心心念念的人。

这静默的江山呵，此刻我需要一把利斧，砍去内心的忧愁与欲念，砍去这噬人的幻想，以及无数次炙烤内心的火焰。

困守孤城，骨骼里的痛注定无法复制。当内心的荒凉再一次风起云涌时，我只想带着嘴角的微笑返回故乡。

唐诗写意

沧江好烟月

旅馆无良伴,凝情自悄然。
寒灯思旧事,断雁警愁眠。
远梦归侵晓,家书到隔年。
沧江好烟月,门系钓鱼船。

——杜牧《旅宿》

寒灯孤夜，愁寂难眠。今晚的停留，泊在一江之岸。

夜色里的乡愁，一缕缕随风升起。凝思中，眼见着就没过了淡清的水面，似一层薄纱，清濛而深远。

没有心灵相契的同伴，没有知音的对答，没有家书的消息，唯有眼前的这盏孤灯，幽寂地伴着羁旅之客。而那些陈年旧事，却历历在目。

窗外，失群的孤雁在低声泣鸣。

家园的怀想与祈望，渐渐淹没了回忆的轨迹。

一片迷蒙，那孤单的雁鸣，惊醒了泪水濡湿的思念。暗夜，总让人轻易垂泪到天明。

多少次的回望、多少次的呼唤，即使阔达的江流，也暗藏着多少游子的情感。多年后，江水有情，注入眼帘，以泪的形式再次回馈真情。

远远近近，或清晰或朦胧中，破晓的晨曦一半是显露一半是隐匿。

面对一夜寒灯，往昔，就像一缕风的轻声细诉。

一生飘零。梦，也或长或短。

去年借宿的旅舍还在，而羁旅的我收到家信的日子，却在隔年之后。这一纸薄薄的叮嘱，捧在手里却是沉甸甸的。

放眼望去，沧江的烟月相互映衬，一派宁静安谧。江岸的月色里，泊着一户人家的渔船，系着清闲而温暖的守候。

漂泊在外，何以慰藉冰冷的孤独？

今夜，思念在垂钓，注定无眠。

静听松风寒

泠泠七弦上,静听松风寒。

古调虽自爱,今人多不弹。

——刘长卿《听弹琴》

第四辑 寒梅著花

高山流水觅知音，七弦琴上听寒松。

静幽幽的密林里，一层厚厚的松针覆满路径。那些回望的眼眸，闪烁着点点的泪光。

何处是我即将落脚的地方呢？又有何人愿意与我抚琴对唱，守候时光深处的簇新与消弥呢？

古调残曲，半盏灯火，凝练的墨绿早已渗出了脉脉清凉。

一把古琴，多少回拨动我的心弦。也许，这些随意安放的叶片，在月光的蛊惑下，已窥破我的安与不安。

面对绕指的柔情，月色成了一件单薄的外衣。

认命于一场誓言。从此，即使没有月色的夜晚，风与影的共舞，也会直达破晓的黎明。

生命里若是必须经历一次际遇，最美的邂逅，必是万里之外。时间无涯的荒野上，那些默默对视、轻轻靠近、紧紧相拥，都是永不褪色的风景，都是曾经沧海不变的经典。

而我，作为故事里的句点，只能埋伏在你柔弱的心底，该如何去独奏一支尘埃四起的曲调呢？

静谧的岁月，风景慢慢褪色。而那些坚守不变的姿态，一个是站立的白昼，一个是静卧的黑夜。

宫花寂寞红

寥落古行宫，宫花寂寞红。

白头宫女在，闲坐说玄宗。

——元稹《行宫》

宫墙内的身影，还依然欢愉自乐，摇曳在微风中。而斑斑驳驳的行宫之墙，早已是荒凉冷清、兀自零落。

红艳的花朵，银白的发丝，最是玄宗寂寞身后事的可叹之物。

幽幽古迹，仿佛散发着一些寥落不堪的余温。沧桑巨变的家国之乱，身世飘零的行者之悲，或明或暗的繁琐之事，隐隐约约还在呜咽的鸟啼。

多少繁华，终成灰烬。

那些紧握不住的灿烂阳光，一转身，就悄然滑进了时间的深处，或许也隐匿在幽暗的水底，不知何处寻芳踪。

六宫粉黛，曾经每天弃去的胭脂水粉，都足以漫过河岸边金色的垂柳。而现如今，瘦得行宫里的稀有花草，都黯然失色，垂落寂寥。

悲催的历史，不容复返。

抚今追昔的墨客文人呵，姑且褪尽铅华，让这些还在吐纳温暖气息的植物，顽强地延续着最后的追思，最后的别情离意。

禁闭多年的红颜，到如今，也该是裹着行宫的记忆，坠入红尘，看花开花落，风卷云舒，四季风光，依稀如昨。

旧了的日子，沿着时光的轨迹，轻而易举地就翻过了一页又一页日历。

那些自然生长的，还是随着原生态的进程，走出历史的荆棘。

唐诗写意

空知返旧林

晚年惟好静，万事不关心。

自顾无长策，空知返旧林。

松风吹解带，山月照弹琴。

君问穷通理，渔歌入浦深。

——王维《酬张少府》

而今，一日浓于一日的沧桑，逶迤前来。

我需要躲开喧嚣、闪光的利器以及马匹的嘶鸣。我开始喜欢上安静的日子，那些车水马龙与过眼的功名，跟我又有什么关系？

心灵的属地，那些烟岚、飞虫、鸟鸣，我不想再错失。

桑榆暮景之际，启开尘封的门窗，与日月静坐。偶尔用溪水浣纱，煮茶，间或抓一把悠悠小令，看梅花在一夜之间绽开，听凭清香徐徐浸透我的诗稿。

如此甚好，内心的安恬比这旧林的风声还高出两寸。那些潜伏日久的忧郁，不再花枝招展，也不再噬咬难忘的青色时光。

寒风扫过，我也丢失得太多太多。

不明白，怎样说出的静才是真正的静，怎样的转身才是真实的离去？骨子里的话，始终藏着一些隐匿的微光。有些表白过于直接，便必然被时间轻易抹掉，下落不明。

人世纷纭，我只不过是这浩浩疆土的一粒尘埃。面对一勾冷月，立在生于斯长于斯的河山之上，内心的悲凉与无奈变得鲜活而清澈。自从没有良策报国，这涛涛松风便成了我最终的注解。

一片云坐在头顶，静默不语。风中的鸟儿驮起一小块薄暮，乘兴而去，徒留琴声余音缠绕。

回望京城。君若问我穷困通达的道理，就请聆听飞扬的乐声以及水岸曼妙的渔歌吧。

寒林空见日斜时

三年谪宦此栖迟,万古惟留楚客悲。

秋草独寻人去后,寒林空见日斜时。

汉文有道恩犹薄,湘水无情吊岂知?

寂寂江山摇落处,怜君何事到天涯!

——刘长卿《长沙过贾谊宅》

江山寂寂，你我何处躬身耕耘？

想必长沙的春草，早被暖阳裹挟一空了。今朝逢着的，又是秋末冬初的斜晖。

贾太傅，你满眼的荒原，如今也让我深陷泥淖。纵使握不到你残留余温的双手，能紧紧依傍在你谪居三年的屋宇旁，我也有一种获得知音的慰藉。

同是天涯沦落人呵。你在楚地的另一维时光里，还顺心顺意吗？

幸好你留下了这堵残墙，让今日路过的我，总算是找到了一个可以放声痛泣的场所。想来，那些压抑了半生的忧闷可以自由喷薄了。暂且，就让我这个不速之客狂妄一遭，袒露平生羊羔般柔弱的情怀吧！

秋草也萎了。终是客居之所，不是栖身的故园，到底能寄居多少性情、轻狂与真言逆语于此呢？

暮色说浓就浓了。还来不及循声张望归来的船舶，我已迷失了方向。今夜，能否借我一宿呢？

我且听听无情的湘水何以言说？涛声阵阵，在凭吊屈子的魂魄；蛮夷之地，虽世风不怜君，江水总该留下绵绵的情愫。

暮光夹杂着垂柳。渐渐暗下来的晚景在慢慢沉寂，退至天际。晚风轻吹，拂不去郁结的惆怅，也拭不走黯淡的失意。

到底如何是好呢？明灭的灯光闪闪烁烁，我多么希望紧握的双手，能捂出一脉悠长的暖意。

明天就要离别了。在黎明叩响门扉之前，还请让我敬上一杯清酒和一炷心香吧。

权当纪念我们相似的际遇，也好日后泉下悄然相惜。

唐诗写意

一夜征人尽望乡

回乐烽前沙似雪,受降城外月如霜。

不知何处吹芦管,一夜征人尽望乡。

——李益《夜上受降城闻笛》

情感的温度，陡然下降。待到思念冷到刻骨，那迈向边塞的脚步，每一步，都踩在记忆的伤口。

当烽火接近冰点时，朔风把殷殷的呼唤都吹向了远方。那些逝去的亲情，将带走多少温暖的日子？一缕故乡的烟火，将点燃多少生命的祭奠？

今夜的故乡，请从戍边征人的回望开始漫溯吧。受降城内外，雪一样的细沙，开始和季节许下永世的诺言。究竟何处是沙，何处是雪，就是多年戍守的边防将士，都已无法分辨。

静谧藏于何处？在远眺的神情里，在回乐县的烽火中，那如霜的月色没有叶儿的掩映，竟敢如此恣意地倾泻！

那一支比月色更凝重的芦管，远远赛过无际的黄沙与大雪。昨日被掩埋的拳拳相思，就请今宵宁静的夜色来铺垫吧！

疆土在此。为着一树绿意的关怀，铮铮铁骨的汉子，待到夜深人静时，满腔的柔情已化为一波又一波的涟漪，传递到清瘦的芦管。

还请折一缕月色，遥寄给远方那一扇不忍闭合的帘儿。

空腔寂寥，何处可供低诉呢？其实，再长的芦管笛音，都长不过征人思乡的忧思，都无法涌聚滔滔的思乡暗流！

寒风来袭，天地肃穆。今夜的征人，都踮起脚尖，将故园遥望。连那一丛丛的月色，都将怀念抱得紧紧的。

榆柳萧疏楼阁闲

天津桥下冰初结,洛阳陌上人行绝。

榆柳萧疏楼阁闲,月明直见嵩山雪。

——孟郊《洛桥晚望》

一些雪花，总是飘在天空，或落在心里；一些寒冰，总是伏在安静的水面，或立在寒冷的夜晚。

谁也不能阻止生命里那些次第飘落的忧伤，就像不能阻止这些思念的恣意飞扬。忧伤的雪，悄然洗净天穹，并擦去所有的阴霾。

洛桥的雪，仿佛来自天堂。雪花覆盖泥泞的道路，街头巷尾，有几朵能读懂我的回眸？

倘若游子孤旅到此，想必今宵的寒月也会莞尔一笑了。

一朵寒梅，循着雪花飞舞的方向追寻，灿烂的笑容里，绽放的定是那一朵透亮的红晕。尽管萧索已然，稀疏无几，但集蓄的暖意还是欲化开傍晚时分被冻僵的阡陌。

楼阁与冷月，空穴与孤单，昨日还在的喧嚣也悄悄谢幕，只余下这移不走的梁柱和影子。此刻，请允许我举起杯盏，将从杯沿遗漏的那一缕叹息，一饮而尽。

思念来自心底，却悄然滑落夜色。多想在这透亮的夜里，拥着雪花来一支轻舞，并请闲适的灯光和柔滑的月色来助兴。

世界如此曼妙，纯净再次入怀。倘若屏声静气，谁也无法释怀。就着素裹银妆的中岳嵩山，为何不来晾晒自己藏匿已久的初心呢？

我将邀约山峦翩跹起舞，执手消融于无边的寂静。原来，今晚你是披雪的圣灵，我必须要说出这个词了。

最终，会有一片温情的雪花，飘进一个人的心坎。

麻衣如雪一枝梅

麻衣如雪一枝梅,笑掩微妆入梦来。
若到越溪逢越女,红莲池里白莲开。

——武元衡《赠道者》

今生，与一枝腊梅的擦肩而过，让我从此独爱雪一般的圣洁。

粗陋的麻衣，也轻如雪，披在清瘦的身躯上。一缕微风，十里开外，就豁亮了那一朵梅魂。

如月，如霜，如水，如冰。最是那一娇羞的莞尔，掩饰不住你薄纱后的樱唇与红腮。

一想必心醉，且让我如何来描摹你的静潭秋波好呢？

错失，便来不及询问。我们的擦肩，也有片刻的对视。请原谅我当时的凝神失礼，与过后的怅惘不已。现在，请允许我唤你为女神吧，我是你前世和今生最虔诚的圣徒呀！

你是冬日里的一支羽毛，我只能见你携风而过，涤净自己内心的躁动与不安。我忍住不让自己伸出双手来拥抱，那样会亵渎心中的圣灵。

假若你的衣襟扬到越溪，逢上浣纱的女子，你也定会安然如初，何必诧异那些习以为常的粉艳呢？

溪畔，昨日浣纱的西施已远去。今朝的你，风姿绰约，远远胜过满池妖娆的红莲。此刻，我要给你取名为：白莲。

请不要责怪我的鲁莽和粗俗。原本想用世上最清雅的文字来相赠，可我还嫌有些寒酸。

若来世缘定重逢，且让我呵护一朵洁白的梦，不能自已。

唐诗写意

横笛闻声不见人

海畔风吹冻泥裂,梧桐叶落枝梢折。

横笛闻声不见人,红旗直上天山雪。

——陈羽《从军行》

风，把一缕思念吹散。埋在心底的思绪似一把温柔的刀，切割着心中最柔弱的部分。从眼角悄然滑落的，是寒冬的第一滴泪。

我看见冻僵的泥土，崩裂的石块，枯瘦的梧桐，席卷的雪花。

我还看见怒吼的北风，呜咽的长啸，无际的疆土，隐匿的生灵。

行军至此，一滩浅水也格外珍贵了。似明珠遗落荒原，似大海瘦了腰身。在土丘都搬家的时令，它只是微笑着道别。

每一次风动，总有一场刻骨的倾倒，却没有谁愿用时间之盾，去抵挡时间发射的情感之矛。

莽莽天山，严严寒冬。塞北呼啸的风，转瞬就吞噬了从军人的步履印痕。幸好，还有几根茅草可供边塞诗人献笔，还有起伏的山峦可供游人仰慕，还有亦真亦幻的情思可暗渡昼与夜。

情，何以堪？一棵光秃秃的梧桐树，似一柱点燃的思念。

也好，至少还有可以暖心的慰藉。若不是天山顶上站岗放哨的旗帜，我们的戍守何以为营呢？就是这一路不绝的笛音，坚定了将士的意志。

猎猎军旗，像雪莲一般傲然炽热，与白雪而合，刚健与柔情相融，化为醒目的动人景象，化为震撼人心的画面。

无意之中，诗人也亮成了一道风景。诗意里凸显的铮铮铁骨，捍卫了远方美丽的故园。

凤去台空江自流

凤凰台上凤凰游,凤去台空江自流。

吴宫花草埋幽径,晋代衣冠成古丘。

三山半落青天外,二水中分白鹭洲。

总为浮云能蔽日,长安不见使人愁。

——李白《登金陵凤凰台》

一切的繁华与骄奢，都将烟消云散。金陵古都，也不例外。

登临昔日凤凰翔集的游台，不禁心系感慨，再多的话语，却无从吐露。贬谪的人，遭逢着这座凋敝落败的故都，近似之情，油然而生。

眼见着凤凰展翅，眼见着凤去台空。

又眼见着王朝更替。又眼见着滚滚长江，兀自奔流。

多年后，我垂垂老矣，我满目苍凉，我挥斩愁思。那些余晖下的花草，如今已是坟墓上的舞者。悠长的小径，将曾经风流倜傥的六朝人物，如今又藏匿在何处呢？

这些断壁残垣，再也无法耀武扬威。这些荒芜破败的院子，杂草正在疯长。踏破尘泥，踩着疼痛的历史，脉搏也无法不加速。

且莫责备这些瘦弱的花草，也不要怪罪无言的山川河流。所有的事物，只是在规律里更替着。花该谢世不由人，水要流淌不怪石。

只是站在高处时，就禁不住要怀古抚今，禁不住要在历史和思想的间隙处，叩问来路。

远处的三座雄峰，并肩而立，杳杳的白雾拦腰相拥，山岚轻易就系到了青天之外。

白鹭聚首的小洲，梳理着一头银丝，分成两股来编织：一股缓缓地缠，一股轻轻地绕。汇聚的线头，就是江水昼夜不息冲刷的白鹭洲。山光映着水色，四顾茫然，伤今离恨之情郁结难消呐。

晴光未显，缘是浮云蔽日。再次翘首眺望，竟听不到心心念念的长安心跳。

如今，举杯相邀的依旧是那盏万古之愁。

第五辑　曲径通幽

曲径通幽处

禅房花木深

——常建

山光悦鸟性

清晨入古寺，初日照高林。

曲径通幽处，禅房花木深。

山光悦鸟性，潭影空人心。

万籁此俱寂，惟余钟磬音。

——常建《题破山寺后禅院》

晨光朗照，幽谷空冥。太阳高悬深林的枝头，宁静也显得更加隐秘了。

那座古寺禅院，一直隐匿在山林深处。一条幽静的小径，曲曲弯弯，绵绵延延，自由而轻松地随意婉转。

沿途的景色，步步洗尘，涤荡着身心。

繁茂的草木，也乐得在初升的阳光下摇摇曳曳，投下的影儿也斑斑驳驳、岌岌乎乎，一派散淡的风韵。

最是那高崖上一丛或深或浅的绿，精灵般在眼前飘来又晃去，晃去又飘来。

一潭碧水，洗净了驳杂的鸟鸣。水中倒映的景与物，在我看来是随意而愉悦的，就连心底的疼痛也渐渐弥散。

面对一潭清影，矮矮的禅房显得更加空寂。屋后的野花，吐纳着幽香，将满腹的心经镀亮。

处身如此安谧的境地，何不就此休憩片刻呢？一座大山所围裹的天籁，简直就是刚刚沐浴后的婴儿，令人心颤、爱怜！

空谷的一脉余音和着钟磬，犹在耳际回荡。而后院的禅者，早已轻悄理顺好被昨夜冷风吹散的鬓须。

待到山光涤荡晨影，我已睁开了纯净的眼眸。

唐诗写意

近乡情更怯

岭外音书断,经冬复历春。

近乡情更怯,不敢问来人。

——宋之问《渡汉江》

冬去春来，寒暑更替，转眼阔别家乡已是经年。回想五岭之外的他乡，又是苍茫无涯，世事难料，炎凉何以堪言？

而今，终于一步一步亲近了魂萦梦绕的家园，内心却愈来愈觉不安。

想来，家书已断绝许久。音讯空渺的日子里，在外漂泊的我，孤零零孑然一身，故园的寸片屋瓦，都让人倍生牵念。

记忆中门前零落的黄叶和一头摆尾的幼犊，都是最温馨的场景。

汉江已渡，怀着忐忑的心情，想寄一封家书，报个平安，却不知能否安抚还在眺望的双眸？

情切，更是情怯！

熙来攘往的都是乡音未改的场景。而我，却不敢上前打探，不敢问及家乡的亲友是否安好，一如当初我离开时的那样。

眺望的意念高过篷船，绵延至生养我的那一间低矮的土房。漂泊的日子，除了孤单，我还有害怕，害怕杳无音讯，害怕关于故乡的某些不祥消息。

现在，请让我从各个角度地与你对视，细数你的沧桑和我的深情。

再一次回望，路途的仆仆风尘与艰辛的跋涉，已让我如释重负，如同眼底这一湾柔柔的水波。

唐诗写意

河流入断山

迥临飞鸟上,高出世尘间。

天势围平野,河流入断山。

——畅当《登鹳雀楼》

未及楼顶,我仿佛就能与一只飞鸟迎面相视了。总以为,美丽的传说终将归于微尘,细如齑粉,荡不出一丝涟漪。

此时,我若放飞一朵白云,也许就惊扰了一群赶路的归雁。

一路奔腾咆哮的黄河,切断山脉,横扫儿时满脚尘泥的嬉戏。就是偶尔投影于梦中的云彩,如今也被厚厚的泥沙掩埋。但那一股执着的潮汐,终是漾进了一个孩童关于故乡最温情的梦里。

不必眺望远处,近景足以祛尽疲乏。天际盖平野,气势冲云霄,你可看到一羽鹳雀,正歇息在檐角一处,张望远方,是在等候还是在小憩呢?

无人告知。那座高高耸立的楼阁也在观望,也在翘首,也在等待。

善良的诗人,总是担心冰霜的寒气太过逼人,担心那一对疾飞的羽翼,稍不留神就会折断。

辽阔的蓝天,此刻,可以让诗人妙笔回春吗?

独步攀临,一不小心就泄露了心机。高处尤寒,广袤的齐豫大地,也只是诗人掌上的一枚青果。

水急襟怀阔。良辰,且让我登楼抒怀,把酒长歌,笑人间尘俗横流,而心中的抱负已随波远去。

有一天,倘若那些奔波在断山的水流,能抱山而眠,那些苍苍莽莽的眺望,一定会洒脱畅快,潮落也不回首吗?

或恐是同乡

君家何处住,妾住在横塘。

停船暂借问,或恐是同乡。

——崔颢《长干曲·其一》

风行水面,小船儿飘飘悠悠,随性而恣意。

船桨犁开的波纹,荡过一张张或陌生或熟悉的面孔。

或许世间所有美好的流逝,都源于感觉,或意料之外的惊鸿一瞥。那些原初的触动,有时仅始于一次无意中的聆听。

柔柔的水波,无意间就濡湿了眼眸,濡湿了踟蹰和顾盼。一幅横塘写意图,只需寥寥几笔,就勾勒出了清新淡雅的风韵。

而我,背井离乡,一路水宿风行,孑然一身,漂泊至今。待寂寞孤独之时,便剪一缕月色,以解相思之苦。

而今流水悠悠,却涤不尽我心中的忧思。灯火蒙蒙的远岸,那一只静泊的船篷,可否暂且借问一下君家何所呢?

船家隐约传来的口音,极似那日思夜想的乡音啊!唯恐因水远疏漏,便把身子紧紧相依在船头。

虽是萍水相逢,那就且将他乡当故乡吧。就着月色,一同举起手中的杯盏,共饮这一江又清又绵的乡愁。

鸟度屏风里

清溪清我心，水色异诸水。

借问新安江，见底何如此？

人行明镜中，鸟度屏风里。

向晚猩猩啼，空悲远游子。

——李白《清溪行》

时光，在一泓清流里打开。一泓盈盈的清溪水，开始发出透明的声响。微风也提起素色的裙裾，踮起脚尖，浅笑而过。

　　涟漪按重逢的样子，将追逐从里往外写。偶尔的一两滴鸟鸣，映在波心，仿佛刚刚舒开的心事。水底的青苔也摇晃了一下，可能是与调皮的鱼儿撞着了吧？好像相拥着在转圈儿。

　　水边走着的人，都是衣着干净的人。就连发梢上点滴的微尘，好似也被微澜敛去，其心就是水的心。

　　如此清流，仿佛织女手里溜走的一条玉带。绿波在绿波中转弯，身在心中静澄。即使那"皎镜无冬春"的新安江，也无法企及。

　　清溪水，这哪里是溪水，分明是上苍赐予人间的一块明镜。迸发的光亮，照彻尘世，凸显滚滚红尘之中的珍贵。

　　走在溪边的人，都有其无法企及的远方。如一片静静的落叶，默默看着另一个自己，在溪流里左手搭着右手，忘记了风，也忘记了曾经湮没自己的沧桑。

　　溪水两岸，群山叠翠，众鸟高飞。一朵飘浮的白云，一朵半开半合的野花，一缕金子般的阳光，构成了一幅生动的画面。

　　此刻，这块明镜，正在复制这样的生动。不带任何瑕疵，最后，是谁要将它藏进心里，重现来世的桃花源呢？

　　时光匆匆老去。向晚的溪边，有渔火照过来，又是谁在趁着月色搬动自己的梦想？

　　离群的猩猩，开始在夜色里哀嚎。这悲伤的声音，如一朵慢慢枯去的花，陡然感染了一个正在哀声中转身的游子。

唐诗写意

天地英雄气

天地英雄气，千秋尚凛然。

势分三足鼎，业复五铢钱。

得相能开国，生儿不象贤。

凄凉蜀故妓，来舞魏宫前。

——刘禹锡《蜀先主庙》

怎样的胆识和胸襟，才能成就千秋大业呢？

怎样的气概和才华，才能充塞六合，而至硕大无垠？

吞吐日月的襟怀，俯仰之间，古今之事，都成了英雄眼中或清晰或浑浊的烟云。

停驻抑或瞬息，眸子里的柔与软，多么令人动容！

拾起那些鼎足之势的钱铢，沉重的昨天与萧条的今日，已宛若山谷的野木。逢着迟来的春光，因山居而生成的习性亦变得松散而慵懒。

当年，氤氲一派豪气。魏、蜀、吴，三足之鼎，三分天下。

茅庐四顾，蜀相贤士，城门洞开，曙光逼近。国在风雨中，几度春秋红，苍茫似海，风云叱咤。

转眼间大势已去，贤相尽失，懒政之子不懂家国黍离之悲，不明江山不易之难。千辛万苦打拼下来的，散失殆尽，才真是悔痛伤悲。

眼睁睁看着，拳头的力量消逝了；眼睁睁看着，胸中的丘壑紧缩了；眼睁睁看着，大好的河山失色了；眼睁睁看着，风走云散了。

也眼睁睁看着，寒秋在一路侵袭。

而宫中的舞女，是否依然单薄着羽衣，霓裳不已呢？凄清的乐音，还能否舞尽柔媚，能否心随曲去、轻歌曼舞？

来到魏宫殿前，才发现昨日熟悉的身影，今天已是他国的舞娘了。

这一幕，是何等的戚戚然！

羁泊欲穷年

凄凉宝剑篇,羁泊欲穷年。

黄叶仍风雨,青楼自管弦。

新知遭薄俗,旧好隔良缘。

心断新丰酒,销愁斗几千。

——李商隐《风雨》

风风雨雨地行走，穿梭于昨日与明天的旧友新知，宛如酒盏和管弦。

我的"宝剑篇"问世之后，羁旅漂泊的脚步更显沉重。举步维艰，眼前的烟云，大多已不再风华。

而那些苍茫凄楚的背影，一圈轮回之后，又必将重逢。

我相信，黄叶并非只留恋秋天。即使是春风刚拂过的树枝，也必定残留着枯萎的叶片，而枯叶上的筋脉，依然能触到生命微弱的叹息。

声声滴落，和雨滴一样的垂首。漂泊的行人如我，想要闲叙畅谈，已成一份奢侈。翘首张望那雕栏玉砌的豪门，一丝丝管弦、一杯杯美酒，大都是轻歌曼舞，迷醉其中，无法自拔。

街道人稀，刚擦肩而过的白发，瞬间就凝固了我穷途的步履。

穷途末路，老马也不堪回首。清冷的江水，如今化为冰凉的雨滴，任我轻轻地接纳，任由悲戚落怀。

那个满腔豪情、胸怀大志的故人，恐怕早已在浅薄世俗的非难中晕头转向了。

新近交结的朋友，如果也遭到世俗的诽谤攻击，大抵也是退而远之，避开非难吧。未待时间考验的新交，真是难以持久而又疏于交心。

于时光摧残后的故友，因疏远而隔断了良缘。即便急切呼唤，也恐难得相聚。惺惺相惜的心，永远在渴盼着知音。

知音委实难觅。

才走了半天，我已目睹青丝变白发的缘由和遭遇。

酒钱几千又何妨？此刻，除了酒，也找不到其他的倾诉者了。即使是心断决绝，到头来，还是新斟的美酒，替代那些或熟悉或陌生的身影。

唐诗写意

斯人独憔悴

浮云终日行,游子久不至。
三夜频梦君,情亲见君意。
告归常局促,苦道来不易。
江湖多风波,舟楫恐失坠。
出门搔白首,若负平生志。
冠盖满京华,斯人独憔悴。
孰云网恢恢,将老身反累。
千秋万岁名,寂寞身后事。

——杜甫《梦李白二首·其二》

人生几何,能够求得一知己?在初次相遇之时,就能推心置腹、肝胆相照,一如我和你的故事。

生命的力量究竟有多么坚韧?我不得而知。时光匆匆逝去,我却时常在乎你的牵念之中,是否也藏有一份关乎我的真挚之情?

悠悠白云终日飘来飞去,远方的游子为何久久不归呢?一连几夜,你潜入我的梦境,情真意切宛如血脉相连的亲兄弟。

每每梦乡相见,不久却又匆匆辞去,几多让人伤感。你说过江湖险恶,风波不平,总担忧风雨里舟楫漂泊失事,葬身于寒水冰窖。

还记得么,你出门时总是搔弄着白首,好像是徒然辜负了平生的豪情壮志。看着你远去的背影,我的眼眶总是红红的,恨不能相扶相帮解救挚友。

如今,京都繁华依旧,官僚们冠盖相续,唯有你无法显达辉煌而面容憔悴不堪。真让我揪心忧伤,心碎不已。

身将老矣,你却反被牵连受累受罪,可谁曾说过天网恢恢疏而不漏的话语?如今依旧被积忧困扰不得解脱,叫人如何不心忧落泪?

反身思虑,流放与你不能释怀,遭遇悲惨不能自已。朝代更替,必定有你的盛名流传,可长叹那已是下辈子的安慰了。

聊当携手行

明窗弄玉指，指甲如水晶。

剪之特寄郎，聊当携手行。

——晁采《子夜歌十八首》节选

你的眼睛，打开了一扇心灵的窗子。

糊窗的米白色纸上，透亮着长短不一的诗句。

歌谣里的思念，随着透亮的指甲一起疯长。有时短促，有时绵长；有时狂野，有时神秘。并随着心绪，而时左时右。

十指纤纤，银剪锋利。

在夜里，剪下一小片月色寄给远方的心上人，思绪便乱了，但心甘如饴。

爱一个人，仿佛手心里捧着的那一枚水晶，美丽而纯净。

想一个人，常常不需要理由，就像散发在水晶上的光芒，无需过多的诠释。

当长发及腰时，还是那把月色的银剪，会剪碎心底疯长的思恋。

那么，怀着无限的眷恋，还是对月当歌，把盏吟哦。

那么，怀着无限的憧憬，还是携手走进梦中的水晶之恋。

唐诗写意

坐看云起时

中岁颇好道,晚家南山陲。

兴来每独往,胜事空自知。

行到水穷处,坐看云起时。

偶然值林叟,谈笑无还期。

——王维《终南别业》

美好的青春如云飘过，岁月的浮尘沾满了落叶的气息。刚至中年就有皱纹来袭，雕刻我的面庞。

在寺庙的钟声里，我渴望用宁静平息心中的渴念与热烈。

我看到南山边陲的小麦、玉米，欲开未开的花以及即将坠落的夕阳。袅袅炊烟，自带悠闲的风度，一副自由自在的模样。

折叠好内心的光，我在寻求清水一样的生活，欲用安宁装点每一条蜿蜒的山径。独自倾听深谷平畴里的丝竹声，凝望天际镀着金边的云彩，仿佛自己的神思，可以自由自在从大山的这边走向那边。

路旁的野草闲花，与矮墙边苍翠欲滴的藤萝互相招手致意。

常游山水，肆意而为，我与一朵青莲又有何区别？

梵音深处，又是谁在一如既往，弹破红尘？

仿若一种惬意，正鲜衣怒马，呼啸而来。

而山径纵横，流水的声响渐次隐于鸟鸣里。惠风躲在声音的断裂处，捂紧心跳，眸子深处的纯，就是那眼前的一汪清水。

无意之中竟走到了流水的尽头。看似无路可走了，于是索性就地坐下来，在一张落满碎花的诗笺上，开始描摹游弋的云朵。

转身，一位白发苍苍的老者带着微笑蹒跚而来。其背后的绿，若即若离，映着他的白发。此刻，云朵开始漂游，快乐也在邂逅中生长。

我们谈论着山中水边之事，相与留连，说着说着竟忘了回去的时间。

待到山林愈发安静，流萤递来光亮，远方的灯盏亦如一支支小小的火把，开始照亮隐居的晚景。

唐诗写意

天地一沙鸥

细草微风岸，危樯独夜舟。

星垂平野阔，月涌大江流。

名岂文章著，官应老病休，

飘飘何所似，天地一沙鸥。

——杜甫《旅夜书怀》

嫩弱的小草，即使再轻微的风也会让它摇晃不止。

岸边的影子，走得有点忧伤。被风牵着的命运什么时候才是尽头？夜深了，倒伏的或者正在摇曳的，都只能借助岸边零星的灯火温暖自己。

一叶孤舟，随着江水轻轻摆动，一副回忆的模样。昔日的渡口，朦胧的水汽沾满了离别的味道。夜风里，所有的爱都已经启程，掉落江中的星子如说过的话，每一颗都简洁圆润，闪着微光。

星空高远，原野辽阔。肃穆的树木俨然夜风中的沉思者，该以何种方式承接你的远眺？一轮明月随波翻涌，奔腾的喧嚣恰似万千心绪，辗转胸口，落到哪儿，都灼人。

一朵野花悄然绽放，不提夜的苍凉。一个名字如长了翅膀，飞翔的高度远超花香的高度，生动了最真实的存在。花是你的，清风是你的，就连桌上的那盏薄酒也不例外。

时光之锋刃总不忘任何人，尘世有多少美，就有多少破碎。如今身体羸弱不堪，一些无法言说的隐痛也在风中汹涌。

想必为官也该罢休了。仕途荆棘横生，风雨不歇，苦不堪言。这一切与之前炙手可热的浮名来说，是再好不过的反衬。

小草立于微风，野花开于角落，各自有各自的宿命。夜注定是孤独的，影子也是。一切是那么具体，又那么虚幻。

漂泊的人呵，山水千万重。此时伫立江边，犹如天地间一只孤零的沙鸥。

唐诗写意

溪水无情似有情

溪水无情似有情,入山三日得同行。

岭头便是分头处,惜别潺湲一夜声。

——温庭筠《过分水岭》

一股泥土的清香扑面而来，那些在石缝间流淌的音符，晶莹中透出清凉。

野草披散着长发，古树苍老的脸上长满青苔。此时，清丽与沧桑杂糅在一起也是和谐。

溪水清冽，映照着山野一朵朵怒放的小花。而一些思绪，伴随着水的流动在微微跳动，一些寂寥则泛着安静的光。

前方墨绿色的梦境，令人憧憬。溪水潺潺唱着，专心拥抱着乖巧的小石子。那些石子静静躺着，敞开心扉感受生命里的寂静。在流水里，我的梦想随着走得很远很远。

崎岖沟壑在身后隐退。而溪流一直朝前走，那是唯一通向大山外的未知。起伏的山峦，和那些好奇又不安分的种子，相惜相伴、无畏无惧，贴紧大地温暖的胸襟，谛听着远方的心跳。

水流漫过月色，轻轻地又漫过我的身体，徜徉在清幽的梦里。怀想起离家时的一幕，故乡的小溪呵，是不老的乡愁，更是母爱的海洋。而我，只是故乡放飞的风筝，收起的线就攥在亲人的手里。

如果有一天听不到流水的声音，我的灵魂，是否会在孤独中枯去？

夜宿岭头，枕边有溪水流过，静静地融进我的生命。或许历经三天三夜的跋涉，就可以唤醒沉睡的鸟语。今夜，那些如水的温柔，仿佛悬在天边，化而为露，濡湿我思乡的梦境。

梦里那一汪一汪的水，像极了亲人的眼泪，汇成一条奔腾的溪流，飞越千山，跨越万水。而灵魂，却始终向着故乡皈依。

是啊，诗人永远是一个走不出故乡的人。就像山里的小溪，永远走不出大海的眼睛。

唐诗写意

蜡烛有心还惜别

多情却似总无情,唯觉樽前笑不成。

蜡烛有心还惜别,替人垂泪到天明。

——杜牧《赠别二首·其二》

珠泪涟涟，灯影幢幢。微弱的烛光，摇曳出更多的离别伤感。

情人的眼眸，写满迷醉的神情。就是美酒十杯百杯，也不够醉意朦胧，不够情深意切。

尘世的情缘聚散，无法用太多的话语言说。

郁积的情感，还在无处倾泻时——

离别，已在眼前。

想把微笑，留在转身之前。因为，我明白，转身的刹那，一条泪河，将会从你的眼中起源，并蜿蜒至我所到的任何地方。

灯芯绵软，恰似你的温柔。深夜的烛光，一丝一缕，皆皈依春风所指的迢迢旅途。

可我已失去了自己的家园，就连郁悒浓粘的空气，也似乎化不开了。

一颗心，冷若冰霜。没有你的温暖相伴，即使酷暑骄阳，我也似身处严冬腊月的苍穹。

相守的最后一夜，已被明朝的马蹄声碾碎。

纵使梦中紧握的温软，醒后，泪水依然无法稀释心底的渴盼。

唐诗写意

乌衣巷口夕阳斜

朱雀桥边野草花,乌衣巷口夕阳斜。
旧时王谢堂前燕,飞入寻常百姓家。

——刘禹锡《乌衣巷》

一抹余晖，醉了桥畔的风景。

残阳夕照。桥畔的野花，正兀自开放，风采灼灼。那些绿得醒目的草儿，翠油油的，摇曳多姿。

乌衣巷口，斜晖脉脉，恋着古桥流水、碧草鲜花，舍不得——作别。

眸子里，尽是往昔岁月的繁华鼎盛。

秦淮河，每一个水波里都藏有故事。那条幽深的乌衣巷，当我与之相对凝眸时，声声铜雀，早已锁住了春风桃李和一代风流。

昔日的豪奢穷尽，最不明了的是年年相似而岁岁不同的野花闲草。昔日的重楼古宅，也随着楚楚衣冠，一并没入尘埃。

而那些金陵春梦般的痕迹，早已是烟消云散。

春来燕子归，冷落的峭寒——退去。寻常百姓的屋檐下，燕子依旧在筑巢，那剪刀似张开的一双尾翼，全然不顾什么门第，只将季节的消息和爱意在春风里传递——

一缕人间的云烟，似一条幽径，倏地悠远了时光。

唐诗写意

葡萄美酒夜光杯

葡萄美酒夜光杯，欲饮琵琶马上催。

醉卧沙场君莫笑，古来征战几人回。

——王翰《凉州词二首·其一》

边疆的硝烟，早已散去。时至今日，我仿佛仍能捕捉凉州的葡萄美酒，醉倒在沙场的豪迈情怀。

一直就是如此。有些身影，一直沉浸在饱满的诗海中，借着孤帆去探寻那些未曾涉足的风浪与港湾。

这类似拓荒者的自我寻觅，渴求一处透彻心扉的疆域。然后，再渴求恣意地卧倒，紧紧地拥抱，深情地呼吸。然后，再一起腾挪，一起消融，一起忘却。

今夜的凉州，皓月当空，温润而豪爽。未觉丝毫的凉意。

激越的琵琶声，一重没过一重。美酒佳肴，衬着边陲胡地的夜光之杯，觥筹交错，半酣半热，将士们豪情满怀，却又忧思绵绵。

葡萄美酒，枯涩而芳香；腹中激情，即将喷薄而出。古往今来，苍茫无际的黄沙戈壁，有多少铁骨柔情，在月色里一并渐隐渐逝，渐远渐无。

世间传说万千，可知戎马倥偬在边塞的真情，又该怎样流露呢？朝着故园吹去的风呵，但愿能捎去我的思念，捎回你的消息。

此刻，沙场的号角，仿佛也醉倒在明月与杯盏的沉香之中了。

听，远处的呼啸，又急骋而来。许是也嗅到了葡萄美酒的魅惑了吧，催赶着那些铮铮魂灵，也匆匆赶来痛饮？

更隔蓬山一万重

来是空言去绝踪，月斜楼上五更钟。
梦为远别啼难唤，书被催成墨未浓。
蜡照半笼金翡翠，麝熏微度绣芙蓉。
刘郎已恨蓬山远，更隔蓬山一万重。

——李商隐《无题四首·其一》

烛光摇曳，拢不紧梦醒后的忧伤，也握不住梦中的情缘。

麝香四溢，单薄的时光背后，芙蓉纱帐，空无一物，徒添神伤。

有人说：来也是空，去也是空。这般绝迹的踪影，如何安慰闺窗畔的眺望与守候？纵使五更已明，斜月已疲，阁楼亭台，亦寂寥无声。

翡翠似梦，易碎难圆。远远的身影，在烛火之中迷离得更凄迷更遥远。留不住的衣袂，留不住的温暖，都在梦将醒未醒之际，一一付诸纸墨。

——付诸哑然的纸墨。

午夜残梦，伴着你的名字。而你却在万重以外的蓬山，又该如何听闻，如何遥寄相思之念？

半纸书信，还在梦里飘零。豆灯薄似轻纱，我亟欲奋笔疾书，恨不能晓钟啼鸣，即刻飞度至你的案前。

透过轻软的芙蓉帐，我仿佛在飘缈的余韵中，一不小心，就触碰到了最渴盼的眼眸，最温润的掌心。

遥望千里之外的蓬山，仓促的梦加仓促的笔墨，再加仓促的跋涉，也无法轻松背上的行囊。

而今，归来是两个多么奢侈的字眼！

半夜醒来，曾相诺的誓言，不知随风去了何方，也不知栖身何处？

真的，一万重太远。

而我和你的距离，只是纸和笔的距离。

怅望千秋一洒泪

摇落深知宋玉悲,风流儒雅亦吾师。

怅望千秋一洒泪,萧条异代不同时。

江山故宅空文藻,云雨荒台岂梦思。

最是楚宫俱泯灭,舟人指点到今疑。

——杜甫《咏怀古迹五首·其二》

如果云朵再低一点，恐怕水波就会感到有压力。如果不那么追怀，我将错失一位知音，那么悔恨也将难以自拔。

在那些风流的年代，屈子披发行江，吟诵着狂放不羁的楚歌。他的身影、他的容貌甚至他的呼吸，都在这一片称作今日的岁月里随流水荡荡而去。不回首，不低眉，清傲地甩袖扬歌，离开！

尔后，摇摇晃晃的车轮里，一腔悲愤喷薄而出。在沉寂的时光里，另一位能交心的使者，儒雅款行。旧年的泪痕未干，又添加一行，回眸千秋，童年的云雾里，一轮弯月依旧消瘦不堪。

这是宋玉，继灵均之后我最崇望的老师。但此刻，我们竟无言以对，我们也无法再做到四目相对。

我能做的，很少。史籍、诗赋、论述以及所有关于宗师的记录，都潜藏为筋骨血脉里最易撩拨的细胞。

无意间，我就成了你。

我深深地懂得，如若江山古宅都将失去，最后剩下的，是血脉里抽不去的茧丝。那是一种力量，一种营养，一种民族气节！

听说，楼台还被云雨烟雾紧锁着。那些荒唐垂败而可悲可怜的人与事，留得今人借故指点，茶余饭后闲谈。

空落落的宫殿庙宇，不知泯灭多少良知与清醒。那些闭着眼睛行走的皮囊太盛，足足荒废了一代代本该盛名的王朝呀！

河流不知，青松不晓，那连绵的群山，何故背负厚重的历史？自然的风雨暂且不息，明日的苍穹，尚未清明。而我，身陷此时彼地，不也在追惜自己满腹的经纶吗？

师道遗训，却也救活不了那个创伤的朝代。即使知音觅到，却也难以解忧。

唯余那艘木船，轻悠悠地在水面荡漾。多少年后，我仍然企盼那些尚未消失的悲怆和情怀，能聚首相逢，能一齐唱和。

199

唐诗写意

细草沾衣春殿寒

乘舆执玉已登坛,细草沾衣春殿寒。
昨夜云生拜初月,万年甘露水晶盘。

——王昌龄《甘泉歌》

笛声中埋伏有猜疑。埋伏中，有亿万斯年的水晶。

草地上日渐膨胀的阳光，在驱散昨夜的雨滴。遥远的地平线上，我和微风一道静寂。

黑夜降临时，月亮只是一个银盘，托举着愁绪，也托举着月色里的冷。

我渴望吹进窗户的不是风，而是水晶的碎片、水晶的心雨。

有时，沉默的水晶在深夜展开羽翼。昆虫在四处弹奏音乐、拨弄琴弦，仿佛开凿了一口清泉。

屋外有水晶，有携其急行的人，还在不停地回头。

想象一朵花深入宫廷，干净的灵魂像水晶展开在夜晚的面具里。更多的时候水晶直抵岁月深处，将月光凝为时间的骨髓。

谁能拯救黑暗深处易碎的晶体？那些比冰雪更寒、比刀刃更锋利的月色，在我的内心，却温暖如玉。

忧郁的水晶，冷，却从不孤独。

唐诗写意

竹深松老半含烟

胜景门闲对远山,竹深松老半含烟。

皓月殿中三度磬,水晶宫里一僧禅。

——常建《题法院》

喜欢山是寂静的，仿佛深夜消失了鸟鸣一样。

从远处聆听月色，清脆的泉音，却无法触及大海的耳朵。

好像竹子和青松，早已结伴远去。弥漫的雾岚，封缄了我的嘴唇。

如同所有的生灵都有轻盈的灵魂，又像一只梦里的蝴蝶，把忧郁这个词，轻烟一般拢紧。

喜欢水是寂静的，好像黎明消失的月色一样。

木鱼的声音，远远听去像在悲叹，似一尾搁浅在沙滩上的鱼。

我在远山的沉默中安静无声。并且，欲借老僧的沉默，与禅对话，修行。

心的沉默明亮如灯，清莹似水晶。独守黑夜时，便拥有了静寂与孤灯，拥有了星月的珠泪。

那些寂静，亦遥远而透亮。

唐诗写意

几许欢情与离恨

烟霄微月澹长空,银汉秋期万古同。

几许欢情与离恨,年年并在此宵中。

——白居易《七夕》

永远年轻的天空，因一个古老的传说，在七夕之夜而变得无比璀璨和诗意。

牛郎，织女；织女，牛郎。中间虽然阻隔着一条浩淼的银河，但亘古的星空，因为一座由喜鹊搭成的爱之桥，而变得无比缠绵、无比柔情。

也许，爱情是太过奢侈的信仰，但飘浮的忧戚擦亮了亘古的守望。

天桥上陆续有伤感在行走，且渐渐弥漫开来，雾一样笼罩了所有的色调，无法分辨出颜色。鹊儿好似石青色的影子，飞过东方的图腾。痴情的鸟，请快些搭桥呵，黎明就要来了。

情在河西，爱在河东。浅浅的银河，断桥半座，遥望浩瀚的天风，鼓动鹊儿的翅膀。情在河东，爱在河西，淅淅沥沥的雨，湿了天际，那是一年一度仅有的相依。

将天空涂满海的颜色，我想化做一尾鱼横渡银河。在七夕的夜晚，穿梭在鹊桥之畔，游弋于神话传说中。我不知道，天街有没有盛开的玫瑰，所有的守望是否都为了诺言？

当流星散落天涯，是不是纷扬的花瓣在飘洒？遥遥的对望，望不断一段千年尘缘。罗衫犹胜雪，鬓发已如霜。有多少爱情老去，又有多少爱情永远年轻。

尘世的繁华已变幻，神仙眷侣却不得不天各一方。寂寞的织女，渐渐望穿秋水。盈盈一脉的明眸，已化做幽怨的坚贞，吟瘦几多柔肠侠骨。那牵牛的少年啊，今夕何不踏芬芳月色，去赴一个旷世之约，横一管牧笛，弄一回此曲只应天上有。

且笑看沧海桑田，笑对黎明的离别。

唐诗写意

风摇珠珮连云清

水晶帐开银烛明,风摇珠珮连云清。
休匀红粉饰花态,早驾双鸾朝玉京。

——嵩岳诸仙《嫁女诗》节选

银烛里的水晶在低语：风呵云呵，我们一起飞吧！

一阵秋风般的颤栗，从肩头至掌心再传遍全身。

是谁在搭建那扇若有若无的命运之门？神之目光忽略处，花朵正在无声绽放。

牵手无畏地迈过世俗的门槛，面对不可知的未来，用坚毅的目光，洞穿水晶般的预言……

即使尘世从此布满尘埃，即将崩溃，只要诺言在，水晶，就一直存在。

你开始学着梳妆，学着将自己藏在一颗水晶里，学会多视角打量这个世界。

以为这样，浊世会变得透明。

你也开始学着拆除一切黑夜的屏障，将一切都停留在白昼……

在出嫁的前夕，你还是说出了内心的秘密。

你揣着一颗忐忑的心，终于从水晶的宫殿里大步走出。

乡音无改鬓毛衰

少小离家老大回,乡音无改鬓毛衰。
儿童相见不相识,笑问客从何处来。

——贺知章《回乡偶书二首·其一》

风尘仆仆，老翁返乡，太阳似旧还新。

　　年少的我，风华正茂时，背井离乡，一别竟是大半个世纪。此刻，乡邻里，那些盛开的笑容，还依稀识得我这沧桑的容颜吗？

　　近乡情更怯。往昔的友邻，依稀还能忆起我年少时的轻狂？

　　故园，多么让人温暖的字眼。颤颤巍巍，紧张而又担心，激动而又欣喜。终于，回到了阔别半个世纪的故土！

　　浊泪，清流；皱纹，舒展。

　　眼前这一切，皆是最自在、最宽心、最亲切的场景呵！

　　闭上双眼，仿佛还能闻出炊烟的味道，闻出鸟雀归巢时的畅快叽喳，闻出牛羊归栏时的悠然。

　　尘世的风沙，永远袭不进心中的故园。那柔情的月色似摇篮，总是悄然荡进心海的最深处。

　　别后不知君远近。但我清晰记得故土的全貌，记得那些远远近近的笑声与乡音，记得沧桑的行囊与深切的念想。

　　此刻，见着这些可爱的孩子，怯怯地询问我的来处，刹那间又鲜活了我当年的惊与喜，怕与忧。